오즈의
닥터

오즈의 닥터

안보윤 장편소설

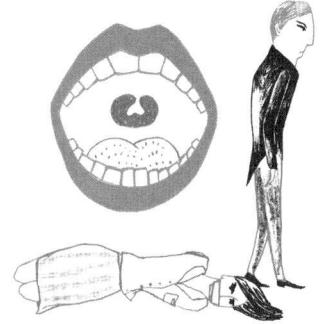

자음과모음

차례

닥터 팽	7
수연 #1	41
화상입니까, 닥터	61
목뼈입니다	85
우연입니까, 닥터	107
환각입니다	135
수연 #2	159
고양이입니까, 닥터	173
현실입니다	187
수연 #3	207
고백입니까, 닥터	215
수연 #4	247
허상입니다	261
수연 #5	275
다시, 닥터 팽	285
작가의 말	298
그녀와의 인터뷰	302

닥터 팽

닥터 팽은 검은색 홈드레스를 입고 나타났다.

두꺼운 목과 각진 어깨가 홈드레스의 가느다란 어깨끈을 무색하게 만들고 있었다. 납작한 가슴에는 팥알만 한 보라색 구슬이 다닥다닥 붙어 있었는데, 연결 실이 고스란히 비칠 정도의 싸구려였다.

가랑이로 말려든 치맛자락을 끄집어내며 닥터 팽이 나를 향해 걸어왔다. 일단 면도를 한 듯했지만 귀 앞쪽과 턱에 수염 흔적이 역력했다. 덕분에 닥터 팽의 얼굴은 그을음이 묻은 것처럼 지저분해져 있었다. 그의 손가락이 보라색 구슬에서 검게 얼룩진 턱으로 다시 구슬로 분주히 옮겨 다녔다.

—그 꼴이 대체 뭔가요?

─취미야.

닥터 팽이 번들거리는 보라색 입술로 대답했다.

─취미?

─그래, 취미. 신경 쓰지 마. 별로 자기한테 피해가 가는 것도 아니잖아?

설득력이 강한 울림을 갖고 있던 목소리가 얇고 간사스러워져 있었다. 나는 우둘투둘 소름 돋은 팔을 손톱을 세워 긁었다.

─피해가 와요, 속이 울렁거려요. 토할 것 같아요.

─닥치고 앉아.

닥터 팽이 짙은 녹색 벨벳으로 싸인 소파침대를 가리켰다. 누가 먼저 앉았던 듯 침대 중앙에 엉덩이 자국이 선명하게 떠올라 있었다.

홈드레스의 좁은 폭 때문에 휘청거리며 닥터 팽이 먼저 침대로 가 앉았다. 요염하게 몸을 기대고 다리를 꼬자 드레스 자락이 걷어지며 검은 종아리가 드러났다. 길고 빳빳해 보이는 털이 발목까지 빼곡히 돋아 있었다.

닥터 팽은 엉덩이 모양으로 쓰러진 벨벳의 부드럽고 짧은 털을 두드려 펴며 재촉했다.

지기 뭐해? 얼른 앉으라니까.

✦

닥터 팽과 처음 만난 건 전철 안에서였다.

나는 종로에 있는 작은 영화관을 찾아가는 길이었다. 내게 아직 여자친구도 있고, 그 여자친구 취향에 맞춰 하품 나는 독립영화를 참고 봐줄 만큼의 인내심도 남아 있었을 때의 일이다.

여자친구와 만나기 전 나는 가능한 한 잠을 많이 잤다. 그녀와의 시간이 대부분 참을 수 없을 만큼 지루하기 때문이었다. 여자친구는 좋아했지만 그녀와 함께해야 하는 다수의 것들은 견디기 힘들었다. 다수의 것들이란 예를 들면 아무 대사 없이, 심지어 등장인물도 없이 노란 보리밭만 십 분씩 보여주는 영화라든가 켜켜이 먼지가 쌓인 헌책방 탐사, 박물관의 오래된 청동 조각 관람 같은 것들이었다.

―정말 이런 게 좋아?

내가 물을 때마다 여자친구는 애써 황홀한 표정을 숨기며 대꾸했다.

―감동적이지 않아?

감동은 개뿔, 거듭되는 하품에 숨이 찰 정도였다.

그래도 나는 꾸준히 여자친구와 만났다. 여자친구가 말하는 감동을 느껴보기 위해 노력도 했다. 하지만 대부분 실패로 그쳐 그 즈음에는 요령껏 사전 준비를 하기에 이르렀다. 상대방을 모두 이해하고 동조할 수 있어야만 연애가 가능한 것은 아니다. 꾸준한 노력과 약간의 연기, 철저한 사전 준비만 있다면 고릴라와도 연애가 가능하다.

충분한 수면은 철저한 사전 준비 중 하나였다.

내게는 잠이 필요했다. 앞으로 삼십 분 뒤 내게 내정되어 있는 것은 모래산에서 일하는 두 남자의 이야기였다. 그간의 경험으로 유추해볼 때 그 영화는 러닝타임 오십오 분 동안 삽질하는 남자 등판만 보여줄 게 뻔했다. 상상만으로도 귓구멍에서 희멀건 모래가 쏟아져 나올 것 같았다.

나는 흔들리는 전철 안에서 필사적으로 눈을 감았다. 안내방송 소리, 옆에 앉은 사람이 가방 안을 쑤석거리는 소리, 이걸 타면 수원에 갈 수 있느냐고 외쳐 묻는 노인네 소리에 눈이 떠지려는 걸 억지로 참았다. 처음엔 힘들지만 눈을 감은 채 조금만 버티면 서서히 소리들이 사라지는 걸 느낄 수 있다. 물속에 잠길 때처럼 아주 천천히, 주변 소음들이 의식 밖으로 밀려나가는 것이다. 조금만, 조금만 더.

노력을 거듭한 끝에 드디어 의식이 가물가물해지기 시작했다. 나는 흡족한 기분에 안정된 각도로 머리를 숙였다. 이

대로 삼십 분만 자자. 막 잠이 들려는 찰나, 웬 남자 목소리가 코앞에서 쩌렁쩌렁 울렸다.

─옥수수, 옥수숩니다, 강원도 찰옥수수, 입천장에 찰딱 붙어 도무지 떨어지질 않는 맛있는 옥수수가 왔습니다!

객실 안이 흡사 동굴 속처럼 울렸다. 까맣게 몰려오던 잠이 놀란 박쥐마냥 화닥닥 날아가버린 건 물론이었다. 나는 인상을 구긴 채 고개를 들었다.

닥터 팽은 시원하게 깎은 머리에 베이지색 반팔 티셔츠 차림이었다.

움직일 때마다 주머니가 잔뜩 달린 반바지에서 짤랑짤랑 동전 소리가 났다. 어린아이만큼 커다란 찜통이 닥터 팽 등에 걸려 있었다. 바닥이 새까맣게 탄 노란 찜통이었다. 뚜껑은 어디 있는지 활짝 열린 찜통 위로 김이 무럭무럭 솟아나오고 있어, 앞에서 보면 닥터 팽의 머리가 끓고 있는 것처럼 보였다.

─옥수수, 옥수숩니다, 옥수수! 사카린 안 넣고 가마솥에서 푹 쪄낸 강원도 찰옥수수가 단돈 천 원!

뜨겁지도 않은지 등에 찜통을 붙이고 닥터 팽이 목청껏 소리쳤다. 가마솥에서 쪘다면서 찜통에 저 그을음은 다 뭐람. 어처구니없는 마음에 나는 닥터 팽을 쏘아보았다.

객실 안에 들큼한 옥수수 냄새가 피어올랐다.

전철 안에서 우산이나 손잡이형 칼갈이, 보풀 제거기 같은 걸 파는 건 수시로 봤지만 냄새나는 먹거리를 파는 걸 본 건 처음이었다. 역무원이 단속이라도 나오면 저 찜통을 지고 뛸 참인가. 뚜껑이 없으니 죄다 쏟아져버릴 텐데. 이런저런 생각에 바쁜 건 나뿐이었는지 닥터 팽의 옥수수는 호황이었다.

―여기 하나 줘봐요.

―네에, 갑니다.

―좀 큰 걸로 골라줘 봐, 내 껀 왜 이리 작아.

―작다고 맛이 덜한 게 아니에요. 얼마나 꽉꽉 여물었는지 여봐, 여봐, 옥수수 알 하나 뽑는 게 어금니 뽑는 거보다 더 힘들지. 꼭꼭 씹어 드세요.

머리에 옥수수수염을 소복이 얹은 것 같은 노인네들이 하나 둘 옥수수를 뜯어 먹기 시작했다.

닥터 팽은 노랗고 검은 알이 탱글탱글 박힌 옥수수를 얇은 비닐 팩에 담아 천 원에 내주었다. 비닐 팩은 닥터 팽의 수많은 바지 주머니 중 하나에서 나왔다.

객실 안이 금세 조린 소다와 뜨거운 옥수수 냄새로 가득 찼다.

나로 따지자면 제일 싫어하는 음식이 옥수수일 정도로 옥수수와 궁합이 안 좋았다.

특별히 알레르기가 있는 건 아니었다. 옥수수 알레르기는커녕 나는 상한 조개젓을 먹어도 멀쩡한 위장과 씻지 않은 복숭아를 뺨에 문질러도 달아오르지 않는 두꺼운 피부를 가졌다. 옥수수와의 악연은 어린 시절 옥수수 알을 콧구멍 속에 넣었다가 된통 혼이 난 경험에서 비롯되었다. 당시 엄마는 한창 춤바람이 나 있었다. 옥수수 알갱이만 한 구슬과 스팽글이 가득 달린 댄스복을 입고 여기저기 나돌아다니기 바빴다. 스포츠댄스라는 게 아직, 아니 전혀 정착하지 못했을 때의 일이었다.

아빠는 틈만 나면 엄마를 잡으러 뛰어나갔다.

벌거벗다시피 한 차림으로 뱅글뱅글 돌다 남자 품으로 착 들어가 안기는 엄마를 화냥년이라고 욕하기도 했다. 간신히 엉덩이만 가리고 있던 구슬들이 회전하면서 팽이처럼 펼쳐질 때는 보고 있는 내가 다 민망할 지경이었다.

아빠 같은 사람이 많았는지 댄스교습소는 사람들 눈에 잘 띄지 않는 곳에 생겨났다. 전철역 근처 철거 직전의 건물 지하나 다방 곁방 같은 곳에 급조되는 일도 많았다. 칙칙한 조명과 노란 장판이 깔린 바닥, 시멘트가 고스란히 드러난 을

씨년스러운 벽이 교습소의 전부였다.

교습소 사람들은 장판 위에서도 신발을 신은 채 춤을 추었다. 아빠는 그것이 남편이 들이닥쳤을 때 더욱 빨리 도망치기 위한 방편이라고 생각했다. 신발이나 꿰신고 있다가는 머리채 잡히기 십상이라는 것이었다.

엄마는 아빠에게 딱히 변명하지 않았다. 스포츠댄스에 대한 설명도 물론 하지 않았다. 실제로 엄마는 아빠가 들이닥치면 신고 있던 신발 그대로 도망치기 바빴다. 어쨌든 그런 종류의 엉성함과 은밀함이 스포츠댄스에 대한 불신을 더욱 공고히 만드는 것만큼은 틀림없었다.

―애가 둘이나 딸린 여편네가 가랑이를 훤히 드러내놓고, 부끄러운 줄 알아야지.

아빠는 양말을 종아리까지 끌어 올리며 씩씩거렸다.

―느이 엄마 잡아다가 다리를 똑 부러뜨려 들어앉혀줄 테니 여기서 꼼짝 말고 기다려라.

얼마나 오래 달릴 작정인지 아빠는 바지 끝을 접어 양말 속으로 꼼꼼히 밀어 넣었다. 이상한 모양으로 튀어나온 양말을 신고 아빠는 전철역으로, 다방으로 달렸다. 그럴 필요 없다고 몇 번이나 말을 했는데도 듣지 않았다.

엄마는 반드시라고 해도 좋을 정도로 아빠에게 내번 잡혀 돌아왔지만 실제로 다리가 부러지거나 하지는 않았다.

  엄마 아빠가 추격놀이를 하는 동안 나는 대부분 혼자 집에 있었다. 숙제도 준비물 챙기기도 식사도 잠자는 것도 전부 알아서 해결했다. 그나마 아침에는 엄마가 집에 있어 학교 갈 시간에 맞춰 나를 깨워주었다. 혼자 잠드는 건 어렵지 않은데 혼자 일어나는 것만큼은 아무래도 자신 없던 시절이었다.

  그 무렵 집에는 강원도 사는 할머니가 보내준 옥수수가 두 자루 있었다. 내가 쑥 들어갈 수 있을 정도로 커다란 자루였다. 이웃들과 나눠 먹으라는 할머니 말을 무시하고 엄마는 아침마다 커다란 솥에 옥수수를 쪘다.

  알이 포도 알만큼 굵은 옥수수들을 차곡차곡 소쿠리에 얹어 놓고 엄마가 나가면 나는 남은 끼니를 그걸로 해결했다. 옥수수를 먹다 숨을 들이켜면 넉넉하게 빨려 들어오는 단물이 특히 좋았다. 소다 때문에 입안이 깔깔해질 때까지 나는 옥수수를 먹고 또 먹었다.

  옥수수자루를 물고 종일 쭉쭉거려도 착살맞다거나 추잡스러워 보인다고 나무랄 어른이 없었으므로 나는 부러 옥수수 알을 죄다 떼어놓고 옥수수자루만 물고 다녔다.

  떼놓은 알갱이 중 네 개를 콧구멍에 넣은 건 장난이었다.

세 개는 수월하게 빠졌는데 하나가 말썽이었다. 강원도 찰옥수수답게 밤처럼 동그랗고 유난히 잘 여문 알갱이였다. 손가락을 쑤셔 넣고 코를 풀고 아무리 난리를 피워도 알갱이는 빠지지 않았다. 오히려 더 깊숙이, 손가락과 나무젓가락을 피해 코 안쪽 얇은 점막 어딘가에 콱 박혀버린 듯했다.

나는 하루하고도 반을 고민하다 엄마에게 갔다. 엄마는 간밤 아빠에게 잡혀 집에 돌아와 있었다.

―엄마, 바빠?

―바빠.

―많이 바빠?

―많이 바빠.

엄마 무릎 앞에 자잘한 천 조각과 구슬들이 굴러다녔다. 엄마가 잠들어 있는 동안 아빠가 엄마 댄스복을 사 센티미터 간격으로 잘게 썰어버린 것이었다. 엄마는 쓰레기통을 뒤집어 꺼낸 구슬과 상가 단추 가게에서 사온 구슬을 엮어 새로운 댄스복을 만들고 있었다.

―엄마.

―왜? 자꾸.

엄마가 구슬을 바늘에 끼우며 짜증을 냈다.

―엄마. 나 옥수수 좀 빼줘.

―옥수수가 어디 있는데?

―콧속에.

―코 풀어.

―풀었는데 안 빠져.

―빠질 때까지 계속 풀어.

엄마가 귀찮다는 듯 바늘 든 손을 휘휘 저었다. 나는 거실로 나와 옥수수 알갱이가 빠질 때까지 코를 풀었다. 알갱이는 안 빠지고 코피만 신나게 났다.

옥수수 때문에 병원에 간 건 그로부터 사흘 후였다. 내 코는 올올이 선 실핏줄이 손으로 만져질 만큼 부풀어 있었다. 엄마가 무렴한 얼굴로 접수대에 의료보험증을 던졌다. 진료를 기다리는 동안 구석에서 스텝 연습을 하고 있는 엄마를 간호사가 수시로 노려봤지만 아랑곳하지 않았다.

옥수수는 예상대로 점막 깊숙이 박혀 있었다. 찢어진 점막으로 병균이 들어가 곪는 바람에 숨만 쉬어도 아프고 피고름이 줄줄 흘러내렸다. 옥수수를 꺼내고 곪은 부분을 째 고름을 빼내는 동안 의사가 엄마를 안심시켜줄 요량으로 말했다.

―괜찮아요. 요만한 애들은, 더군다나 남자애들은 장난감 차 바퀴도 콧속에 넣고 동전도 입천장에 붙이고 그래요.

엄마가 의사보다 더 대수롭지 않은 말투로 답했다.

―빨리 좀 해주실래요? 춤추러 갈 시간이거든요.

엄마의 새침한 표정과 의사의 뜨악해진 얼굴을 상세히 떠올리고 있는데 코끝에 뜨거운 김이 닿았다. 정신을 차려보니 닥터 팽이 찜통을 내게 바짝 들이밀고 있었다.
―먹을래?
찜통 안에는 도막 난 옥수수 한 개가 흥건히 젖은 채 굴러다니고 있었다.
―아뇨.
닥터 팽의 반말에 불쾌해하며 내가 고개를 저었다.
―부러진 거니까 그냥 줄게.
―싫어요.
―괜찮다니까. 봐, 다들 먹고 있잖아.
닥터 팽이 이보라는 듯 객실 안을 쭉 훑었다. 자리에 앉은 사람들이 하나같이 옥수수를 입에 물고 있었다. 벌써 절반 이상 뜯어 먹은 여자 하나가 나를 향해 싱긋 웃어 보였다. 옥수수 알만큼 가지런한 치아가 슬쩍 드러났다 숨겨졌다.
―너도 먹어.
닥터 팽이 물이 뚝뚝 떨어지는 옥수수를 집어 내밀었다. 내 바지에 들큼한 옥수수 물이 고스란히 배어들고 있었다.

나는 신경질적으로 바지를 털며 자리에서 일어났다.

―싫다니까요, 싫어요!

닥터 팽을 피해 다른 객실로 옮기는 동안 나는 옥수수를 입에 문 사람들 사이를 끝도 없이 걸어가야 했다. 사방이 전부 옥수수, 옥수수뿐이었다.

관객이 채 다섯 명도 안 되는 좁은 영화관에서, 예상했던 것과 한 치의 오차도 없이 모래삽만 뜨고 있는 두 남자의 등과 땀에 젖은 엉덩이만 반복되는 영화를 보다 여자친구가 내 팔을 밀쳤다.

―저리 좀 떨어져 앉아.

여자친구는 남자 둘이 쑤석거리는 모래산만큼이나 건조한 얼굴로 내게 말했다.

―너한테서 쉰 냄새 나.

✦

소파침대는 생각보다 안락했다.

―그럴듯하지? 이번에 홈쇼핑으로 새로 산 거야, 자기를 위해서.

닥터 팽이 수줍은 듯 입을 가리며 웃었다. 이제 보니 손톱에도 붉은 보라색 매니큐어가 꽉 차 있었다. 간간이 찍어놓은 흰 점들은 꽃잎이라도 되는 모양이었다.

나는 닥터 팽 팔뚝에 돋은 검고 긴 털을 보지 않기 위해 똑바로 누워 눈을 감았다.

─그래, 요즘은 좀 어때?

─그냥 그래요.

─잠은 잘 자고?

─잠은 원래 잘 잤는데요.

─아참참, 그랬지. 그럼 자기는 뭐였더라.

─환각이오.

─아 맞다! 환각! 요즘도 계속 그런 게 보여?

─네. 좀 전엔 옥수수를 입에 문 사람들이 잔뜩 나왔어요.

─옥수수? 그거 맛있지.

─…….

─옥수수 싫어해?

─싫어해요.

─사실은 좋아하지?

─아니오. 싫어해요. 세상에서 제일 싫어요.

닥터 팽이 내 머리맡에 바투 앉는 것이 느껴졌다. 후끈한 열기와 면도크림의 잔향, 여성용 향수 냄새 같은 것이 무자

비하게 뒤섞여 콧속을 괴롭혔다. 냄새에도 형체가 있다면 닥터 팽의 냄새는 너무 익어 물러터진 새까만 옥수수 알 모양일 게 분명했다.

―끝까지 싫어한다고 우길 필요는 없는데 말이야.

―우기는 게 아니라 정말 싫어한다니까요.

―됐어. 자기가 옥수수를 좋아한다고 해서 뭐가 달라질 것도 아니고. 옥수수쯤이야 아무려면 어때. 자기는 말야, 이제 성인이잖아? 옥수수 알갱이를 콧속에 집어넣어서 병원으로 실려갈 일 같은 건 이제 없을 테니까.

―…… 내가 그 얘기를 했던가요?

―예를 들면 그렇다는 거야. 자기는 그게 문제야. 너무 경직돼 있어. 지금도 봐, 누워 있는데도 어깨가 이렇게 딱딱하게 굳어 있잖아?

닥터 팽이 간사스럽게 웃으며 주먹으로 내 어깨를 쳤다. 생각보다 힘이 실린 것이어서 나는 신음 소리를 내며 몸을 잔뜩 우그렸다.

―자아, 릴렉스 릴렉스. 이래서야 내가 소파를 산 보람이 전혀 없잖아. 편히 있으라고.

어깨를 주물러주는 척하던 닥터 팽 손가락이 목을 쓰다듬더니 쇄골 근처까지 내려왔다. 조심스럽게 눈을 뜬 나는 그만 기겁해 뒤로 물러났다. 닥터 팽이 딱딱한 엉덩이를 내 옆구리에 바짝 붙인 채 상체를 기묘한 방향으로 틀고 있었기 때문이다. 보는 내 속이 다 불편해질 것 같은 뒤틀림이었다.

―닥터?

―괜찮아.

―제가 괜찮질 않은데요.

닥터 팽이 마지못한 듯 손을 뗐다. 하지만 단단한 허벅지만큼은 내 몸에서 떨어지질 않았다.

―좋아하지? 옥수수.

나는 엉겁결에 고개를 끄덕였다.

―옥수수 알을 코에서 빼준 건 누구야?

―의사 선생님이요.

―아니, 자기를 그 의사한테 데려간 게 누구냐고.

―엄마. 아, 아니 누나예요.

―누나라고?

―네. 누나.

―자기한테 누나가 있었어?

―있었어요. 죽어버렸지만. 그때는 고등학생이었는데, 스포츠댄스를 배우고 있었어요.

스포츠댄스, 그거 옷이 아주 죽이지. 나도 그런 거 입이 보고 싶어. 새빨간 색으로다가.

─관둬요.

─자긴 가끔 얄미운 소리를 하더라.

─누나는 스포츠댄스 선수가 되고 싶어 했어요. 고등학교에 올라가자마자 종합학원 수강료를 빼돌려 스포츠댄스를 배웠죠. 아빠는 건설 현장에서 일하고 있었는데, 굉장히 바쁜 데다 술 마시고 들어오는 날이 많아 오랫동안 몰랐어요. 누나는 학교가 끝나면 바로 춤추러 가서 밤이 되도록 돌아오지 않았어요. 실력이 어땠는지는 나도 몰라요, 본 적이 없으니. 아, 아니, 딱 한 번 본 적이 있네요. 비 오는 날 집 앞 골목에서.

✦

누나는 나보다 일곱 살이 많았다.

평범한 얼굴에 비해 누나의 몸은 굉장히 조숙한 편이었다. 집 옆 구멍가게에 아빠 담배와 참치 캔을 사러 가면 구멍가게 노총각이 일부러 동전이나 담배를 떨어뜨려 그걸 줍는 누나 엉덩이를 훔쳐보곤 했을 정도였다.

아빠가 그렇게나 맹렬히 스포츠댄스를 반대한 건 누나 몸이 너무 조숙했기 때문인지도 몰랐다. 깡마른 여자들은 아무리 몸을 흔들어도 누나처럼 육감적으로 보이지 않았다. 누나는 그냥 걷기만 해도 어딘가가 금방 흘러넘칠 것처럼 보였다.

스포츠댄스에 푹 빠진 누나는 집 안에서도 날아갈 것처럼 발뒤꿈치를 들고 다녔다. 방에서 나오면서 퀵퀵 슬로우 퀵퀵 슬로우, 소리 내 걸음을 옮기기도 했다. 몸이 식탁 바로 앞까지 가면 빙그르르 돌며 턴, 하고 말했다.

스포츠댄스를 시작한 후로 누나 얼굴엔 항상 홍조가 돌고 눈이 반짝거렸다. 누나가 어떤 경로로 스포츠댄스를 알게 되었는지 모르지만 댄스교습소에서는 누나 나이가 가장 어렸다.

건설 현장일은 불규칙했다.

건설 현장에서 감독직을 맡고 있는 아빠는 특히 더 그랬다. 두 달 동안 꼼짝 않고 집에 있다가도 일단 일을 시작하면 속옷 갈아입을 시간도 없이 바빴다. 현장에서 며칠씩 묵는 일도 비일비재했다. 그럴 때면 내가 갈아입을 옷을 현장까지 가져다 드렸다. 현장 인부들과 달리 아빠는 비가 내려도 쉬지 않았다. 공사 현장에 기자재가 도착하는 날엔 아무리 피곤해도 야근을 해야 했다. 덕분에 누나는 마음 편히 교습소에 다니며 댄스 연습을 할 수 있었다.

─아빠 당분간 안 들어오실 테니까.

─으응.

─너도 아빠한테 이르기 없기야? 우리끼리 비밀인 거, 알지?

누나가 내 이마에 자신의 이마를 맞붙이고 키득거렸다. 그럴 때의 누나는 동급생 여자애들처럼 천진해 보였다.

─이렇게 높은 신발을 신고 춤추는 거야.

누나는 가끔 책상 밑 박스에 숨겨둔 하이힐을 꺼내 내게 보여줬다. 댄스복처럼 반짝거리는 구슬이 달린 빨간색 하이힐이었는데 발가락 부분이 지나치게 좁고 뾰족했다. 게다가 뒤에는 튀김 젓가락만큼이나 얇고 긴 굽이 붙어 있었다. 그것은 신고 걸어 다니기 위한 것이라기보다 관상용 신발에 가까웠다.

─이렇게 높은 굽이 다리를 예뻐 보이게 만들거든.

─안 부러져?

─얘는, 그렇게 잘 부러지면 이걸 신고 어떻게 춤을 추겠니.

누나가 하이힐의 얇고 긴 굽을 황홀하게 쓰다듬었다.

─스포츠댄스의 진정한 꽃은 여자 댄서야. 이걸 신고 핑그르르 돌면 사람들 시선이 나한테로 쫙 모이는 게 느껴져.

옷은 또 얼마나 멋진 줄 아니?

나는 누나가 말하는 '멋지다'를 이해할 수 없었다.

누나가 보여준 옷도 신발과 마찬가지였다. 옷이라기보다 중국집 입구에 달린 구슬발들을 적당히 꿰매놓은 천 쪼가리에 불과했다. 도대체 뭔가를 가려줄 만한 여유가 전혀 없는 옷이었다.

—이것만 입어?

—이것만.

—그럼 너무…….

내가 채 말을 끝내기도 전에 누나가 잘라 말했다.

—얘는 참, 촌스럽기는.

무엇이 촌스럽다는 건지 잘 모르겠지만 아빠는 나보다 한 층 더 촌스러운 사람이었다.

누나의 춤바람이 들통났을 때 우리 집은 발칵 뒤집어졌다. 말로만 뒤집어진 게 아니라 실제로 그랬다. 식탁이며 책상, 의자처럼 네 발 달린 것들은 모두 뒤로 넘어갔고 몽키스패너가 누나 방문을 쪼개고 그 틈에 박혔다. 거실 유리창과 신발장 거울이 깨지고 바닥에서 분리될 수 있는 모든 물건들이 허공을 날았다.

누나에 대해 일체 함구한 죄로 프라이팬과 구둣주걱으로

등을 두들겨 맞은 나와 달리 누나는 한 대도 맞지 않았다. 내던진 물건에 긁힌 자국 하나 없었다. 아빠가 누나를 피해 교묘하게 물건을 날렸기 때문이었다. 덕분에 누나가 아닌 나만 부서진 물건 파편을 고스란히 얻어맞고 있었다.

─어디서 뻘거벗고 사내놈한테 앵겨서!

아빠는 누나를 향해 소리만 왁왁 질렀다.

─누가 뻘거벗었다는 거야!

─그게 뻘거벗은 거지 뭐야! 선생인지 뭔지를 잡아다 허리를 꺾어놓든가 해야지 어디서 지랄춤을 배워와서 이 난리야, 난리가!

스포츠댄스는 지랄춤이 아니라 신성한 스포츠라고 누나가 악을 썼지만 아빠는 오로지 '뻘거벗고'만 반복했다.

설전을 거듭한 끝에 누나가 쪼개진 방문을 박차고 뛰쳐나갔다. 아빠는 누나 가방을 뒤져 댄스복을 꺼낸 뒤 사 센티미터 간격으로 잘게 썰어서는 집 밖으로 내동댕이쳤다.

아빠와 누나의 추격전은 그때부터가 시작이었다.

물론 영화나 만화에서처럼 스릴 넘치고 멋진 추격전이 아니었다. 추격의 끝은 늘 허무했으며─이것은 전적으로 누나가 돌아올 곳이 집밖에 없기 때문이었다─처참하고 시끄러웠다.

아빠는 누나 머리칼을 죄다 잘라 불살라버리겠다고 협박했다. 다리를 부러뜨려 평생 앉은뱅이로 살게 해주겠다는 말도 했다. 그러나 실행에 옮긴 것은 고작 누나 방 거울 하나를 깨뜨린 정도였다.

밤마다 악쓰는 소리가 동네 너머까지 들렸다.

스포츠댄스 선생에게 욕설을 퍼붓는 건 아빠 몫이었고 소리를 지르는 건 누나 몫이었다. 누나는 스포츠도 이해 못하는 촌스러운 아빠를 저주했다. 세상이 어떻게 돌아가는지도 모르고 망치나 휘두를 줄 아는 무지렁이라고 비난도 했다. 무지렁이라는 표현은 누나가 학교에서 월말고사를 볼 때 국어 시험 예문에 나온 것이었는데, 뜻풀이에서 누나가 유일하게 맞춘 문제였다.

누나는 공원 화단이나 굴다리 밑에서 잡혀왔다. 댄스교습소에서도 몇 번 머리채를 잡혀 끌려왔는데, 그 이후부터는 선생이 누나를 벽장에 숨겨주었기 때문에 잡히지 않았.

아빠는 학원 앞 골목에 잠복해 있다가 누나를 끌고 왔다. 몇 번은 공원에서 파트너 남자와 시시덕거리고 있는 걸 잡아오기도 했다.

―시시덕거린 게 아니라 파트너로서 호흡을 맞춘 것뿐이야!

그러나 누나의 변명은 전혀 통하지 않았다. 오히려 그 '호흡을 맞춘다'라는 말이 아빠를 더 자극하는 듯했다.

―씨부랄놈, 어디서 남의 집 귀한 딸이랑 호흡을 맞춰!

―아빠, 그 호흡이 아니라.

―당장 손 안 떼? 썩을 놈, 외간여자 손을 지 불알 주무르듯 주물러대고 말이야!

얼굴이 새빨개진 누나가 눈물을 쏟으며 도망쳤다.

누나의 파트너가 누나를 붙잡으려는 어설픈 동작을 해 보였다. 공원 잔디밭에서 엉덩이를 반쯤 들어 올린 채 구부러진 팔을 뻗은 모습이었는데, 그 모습은 누나가 평소 말하던 댄서의 절도 있고 균형 잡힌 아름다운 동작과는 너무도 거리가 멀었다. 그야말로 '엉거주춤'한 꼴이었다. 아빠가 누나의 파트너 코앞에다 몽키스패너를 흔들어 보였다. 그러자 그는 그나마의 폼도 구겨버린 채 희멀게진 얼굴로 잔디밭에 주저앉고 말았다.

차마 남의 집 자식은 때릴 수 없었는지 아빠는 누나의 파트너를 우악스럽게 노려본 뒤 집으로 돌아왔다. 물론 돌아서기 전에 몽키스패너를 하늘로 뻗쳐 들고 휘둘러대는 제스처 또한 잊지 않았다.

누나는 그대로 방에 갇혀 한동안 나오지 못했다.

학교를 사흘째 빼먹었을 때 비로소 누나의 담임선생님이 아빠에게 면담을 요청했다.

―학교 며칠 빠진 게 뭐 그리 대수요?

아빠가 걸걸한 목소리로 전화기에 대고 성질을 부렸다.

―나는 저년이 옷만 입고 있으면 학교 그까짓 거 평생 안 다닌대도 상관없소. 뭐? 상담은 개뿔, 상담만 하면 저년 뻘거벗고 다니는 버릇이 저절로 고쳐지나? 헹. 관두쇼.

―그건 뻘거벗은 게 아니라 댄스복이라니까!

방문에 바짝 귀를 붙이고 있던 누나가 다시금 악을 쓰기 시작했다. 누나가 함부로 몸을 부딪는 통에 문고리에 채워진 자물쇠가 덜컹덜컹 흔들렸다.

―댄스복이고 나발이고 기집년이 말이야, 배꼽은 훤히 내놓고 가슴이며 엉덩이를 출렁출렁, 서방질하는 기집도 아니고 그게! 너도 니 에미 따라갈려 그러냐? 저년 에미가 에어로빅인지 뭔지 똥꼬 딱 꿰는 옷 입고 펄쩍거리다가 두 달도 못 가 새파란 애송이랑 배 맞아서 도망가더라니, 저년이 꼭!

대거리할 마음을 잃었는지 누나가 입을 다물었다.

입을 다물지 못한 건 전화 끊을 타이밍을 놓친 누나의 담임선생님 쪽도 마찬가지였을 것이다. 사실 나도 입을 다물지 못했는데, 그때까지만 해도 엄마가 강원도에서 병으로 몸져

누운 할머니를 간호하고 있는 줄로만 알고 있었기 때문이다.

누나는 꼬박 일주일을 방에 갇혀 지냈다. 아빠가 자물쇠를 풀어주면 얌전히 밖으로 나와 밥 한 공기를 물에 말아 먹은 뒤 화장실로 갔다. 가끔 들여다보이는 누나 방 안에는 책상 밑에 있던 하이힐 상자가 이불 위에도 있다 방바닥에도 있다 했다.

추격전은 아빠가 이기는 것처럼 보였다.

순종적으로 변한 누나를 집에 두고 아빠는 건설 현장으로 돌아갔다. 대신 귀가 시간을 칼같이 지켜 돌아오기 시작했다. 현장에 기자재가 들어오든 말든 야근은 무조건 하지 않았다. 누나는 말없이 삼인분의 저녁밥을 준비했다.

낮만이 아빠 감시에서 벗어날 수 있는 유일한 시간이었다. 누나는 학교에서 돌아오자마자 댄스복 꿰매기에 몰두했다. 아빠가 집 밖으로 팽개친 구슬들을 다 주워오지 못했기 때문에 댄스복에는 듬성듬성 구멍이 날 수밖에 없었다.

아빠의 바람과 달리 댄스복은 한층 더 짧아지고 한층 더 허술해졌다. 어느 날 누나는 터질 것 같은 가슴을 조잡스럽게 꿰맨 댄스복 안으로 쑤셔 넣었다. 그리고 문 밖에 서서 아빠가 돌아오길 기다렸다.

누나가 선택한 곳은 골목길이었다.

우리 집으로 들어오는 골목에는 가로등이 꼭 하나 있었는데 그날은 마침 깨진 전구를 새로 갈아 끼운 날이었다. 밖에는 장대비가 내리고 있었다. 장대비와 가로등 불빛이 일직선으로 내리꽂히는 곳에 누나가 섰다. 누덕누덕 기운 댄스복을 차려입고.

소주 두 병을 사 들고 골목에 들어서던 아빠는 귀신이라도 본 양 기겁해 물러섰다.

누나는 시종일관 태연했다. 아빠를 향해 한껏 우아한 미소를 지어 보이기까지 했다. 그러고는 빠르게 스텝을 밟았다. 퀵퀵 슬로우 퀵, 퀵퀵 슬로우 퀵. 누나의 숨 가쁜 구령이 빗소리를 뚫고 정확히 들려왔다. 퀵퀵 슬로우 퀵, 퀵퀵 슬로우 퀵. 더 이상 어떻게 할 수 없을 만큼 빠른 속도로 누나가 스텝을 밟고 허리를 꺾고 팔을 뻗었다. 아빠는 떡 벌어진 입으로 골목 끝에 서 있었다.

―스포츠, 댄스라는 게, 얼마나 퀵퀵 슬로우 퀵, 아름다운 건지, 얼마나 우아, 하고 예술적인 건지 퀵퀵 슬로우 퀵, 퀵퀵 슬로우 퀵, 이제 아시겠어요, 아빠?

누나가 의기양양하게 소리치는 순간, 그러면서 몸을 뒤로 쭉 젖혀 등을 활처럼 구부린 순간 문제가 터졌다. 누나가 며칠을 정성스럽게 꿰맨, 그러나 모자란 구슬과 허술한 바느질을 숨길 수 없었던 댄스복이 어깨에서부터 우두둑 터져버린 것이다.

빗방울과 함께 색색의 구슬들이 사방으로 튀어나갔다. 그것은 누나가 몇 분간 추었던 댄스보다 훨씬 더 강렬하고 충격적이었다. 누나의 새하얗고 커다란 젖가슴이 빗속에 고스란히 드러나 있었다.

아빠가 당장 달려가 누나를 바닥에 패대기쳤다. 뒤창으로 몰래 골목을 훔쳐보고 있던 구멍가게 노총각이 후닥닥 문을 닫는 게 보였다. 나는 엉거주춤 몸을 앞으로 숙이며 쭈그려 앉았다. 오줌보를 누가 꽉 쥐어짜는 것처럼 아랫배가 당기고 아팠다.

누나는 그날 처음으로 아빠에게 죽도록 얻어맞았다.

나는 거실에서 울리는 누나의 고통스러운 신음 소리에 어쩔 줄 몰라 하며 화장실에 숨어 있었다. 누나의 젖은 살결이, 새하얗고 풍만한 가슴과 추위에 오뚝 서 있던 젖꼭지가 도무지 머릿속에서 떠나질 않았다. 나는 엉엉 울면서 고추를 쥐고 오줌 대신 말간 액을 뿜어냈다. 내 생에 첫 사정이었다.

✦

―그래서 누나는 아빠한테 맞아 죽은 거야?

―그럴 리가요.

나는 닥터 팽의 말에 부러 심드렁하게 대꾸했다. 성냥불처럼 작은 불씨가 그날의 기억과 함께 발끝에서부터 간질간질 피어오르기 시작했다. 갈비뼈가 드러나던 여자친구의 빈약한 가슴과는 비교도 안 될 만큼 육감적이던, 비에 흠뻑 젖어 있던 누나의 새하얀 젖가슴. 나는 불씨를 끄려 발가락을 힘차게 꼬물거렸다.

―자기 누나 죽었다면서.

―죽었어요.

―언제?

―고등학교 때 차에 치여서. 뺑소니 트럭에 당했죠.

―뺑소니 트럭이라. 그럼 스포츠댄스랑 관계없는 거 아냐?

―누가 관계있다고 했어요? 그냥 죽었다고 했지.

닥터 팽이 보라색 입술을 뾰족하게 내밀었다. 딴에는 귀여워 보이려는 속셈이었겠지만 각진 턱 위로 수염 돋은 인중이 튀어나와 욕지기가 올라올 정도로 끔찍했다.

―그럼 그 얘긴 왜 한 거야?

―그냥 생각나서요. 누나를 생각하면 제일 먼저 떠오르는 게 그거거든요. 빗속에서 춤추던 거.

―뭐야. 나는 또 비극의 댄서 얘기라도 되는 줄 알았네. 그 뭐냐, 〈어둠 속의 댄서〉 같은.

―영화 같은 일은 실제로 일어나기 힘들어요.

―그렇지도 않아. 세상 각지에서 일어나는 일을 전부 알 수 없는 것뿐이야. 차마 영화로도 만들 수 없는 어처구니없는 일들이 자기 주변에서 실제로 벌어지고 있다고.

―그런 거 난 한 번도 본 적 없어요.

―세상에서 벌어지는 일을 전부 볼 수 있는 사람은 없지.

―난 내가 본 것만 믿어요.

―자기가 본 건 어떻게 믿어? 자기가 보았던 게 전부 현실일까? 게다가 자기, 환각 증세 있잖아. 환각이랑 현실을 명확히 구분해낼 수 있다고 확신해?

―항상 환각만 보는 건 아니에요.

―그 반대일지도 모르지.

닥터 팽이 애매하게 웃었다.

―환각이라고 해도 창문 밖에 판다가 매달려 있다거나 공룡이 나타난다거나 하는 귀여운 종류만은 아닐 거 아냐? 자기가 보고 있는, 자기가 현실이라고 믿고 있는 그 화면에 감

쪽같이 숨겨져 있는 거라고. 숨은그림찾기나 매직아이보다 훨씬 더 교묘하게. 아니, 아니, 화면 그 자체가 환각일지도 모르지.

─말도 안 돼.

─자기, 여기 오면서 사람들 봤어?

─봤어요.

─자기가 봤던 그 사람들이 정말로 다 사람일까? 그 안에, 행인하고 똑같은 꼴을 한 환각이 없었다고 자신할 수 있어? 하긴, 현실이든 환각이든 자기처럼 태평한 사람한테는 아무 상관 없는 모양이지만.

─태평하다고요? 내가?

─그럼, 태평하지. 난 자기처럼 태평한 사람 여태 못 봤는걸.

닥터 팽이 시커멓게 칠한 눈을 깜짝였다. 먹줄을 당겼다 놓은 것 같은 눈꺼풀에 덩어리진 마스카라가 덜렁거렸다. 더 이상은 참기 힘들었다. 나는 재빨리 소파침대에서 일어나 팔과 무릎을 털었다.

─벌써 가려고?

닥터 팽의 북슬북슬한 팔이 내 허리에 감겼다. 가느다란 목소리와 달리 근육질 팔뚝이 내 몸을 꽉 조였다. 당장이라도 목에서 비명이 터져 나올 것 같았다.

　—이전에도 꽤 여러 번 물어본 것 같지만요. 이게 정말 나한테 도움이 되는 게 맞나요? 이, 이 말도 안 되는 상담 치료가 말이에요.

　닥터 팽 얼굴에 흐르는 미묘한 색기를 나는 애써 무시했다. 닥터 팽의 손이 다시 끈적끈적하게 내 옆구리를 쓰다듬고 있었다. 그럼, 도움이 되고말고. 닥터 팽이 당연하다는 듯 대꾸했다.

　—자기, 아직 아무도 안 죽였잖아?

수연 #1

수연은 망설이고 있었다.

사람을 미행하는 건 처음이었다. 누군가를 뒤쫓는다는 자체가 성격에 맞지 않았다. 눈 가린 경주마처럼 앞으로 내달리는 일이라면 모를까. 지금까지 누군가를 뒤쫓을 만한 상황이 한 번도 없었기 때문이기도 했다. 말하자면 수연은, 언제나 어디서나 누구보다 앞선 존재였다. 그래야만 했다.

전체적인 인생이야 어떻게 될지 알 수 없지만 지금의 학교생활이라면 수연은 단연 독보적인 존재였다. 남부러울 것 없는 성적과 적절한 운동신경, 안정된 집안 형편과 더불어 남을 성가시게 하지 않는 성격까지. 아쉬울 것이라곤 없었다.

그는 빠른 걸음으로 앞만 보며 걷고 있다.

미행은 어렵지 않았다. 그는 놀라울 정도로 앞만 보며 걸었다. 무언가가 깨지는 소리가 나거나 말다툼 소리가 나도 절대 뒤를 돌아보지 않았다. 신호등이 없는 짧은 횡단보도를 건널 때조차 옆을 살피지 않고 앞만 보며 건넜다.
순록이었던가 물소였던가.
어딘가의 짐승 무리가 저렇다는 소리를 들은 적이 있었다. 떼로 몰려 이동하면서 오로지 앞만 보고 달린다는. 그러다 앞에 절벽이 나타나면 피하지 못하고 전부 떨어져 죽어버린다던 짐승들. 멸종을 부추긴 건 사람들의 밀렵도 환경오염도 아닌 스스로의 본성이라고 했다. 그의 뒷모습은 그런 짐승 무리를 떠올릴 만큼 불안정해 보였다. 어째서일까. 수연은 망설이면서도 그를 뒤쫓는 속도를 점점 더 높여나갔다. 그의 발뒤꿈치에 신발이 부딪칠 정도로 가까워지면 화들짝 놀라 뒤로 물러났다 다시 맹렬히 추격하는 식이었다.
그가 크게 방향을 꺾는다 싶더니 버스 정류장을 향해 걸어갔다.
하교 시간이 제법 지난 뒤라 정류장에는 교복 입은 아이들이 많지 않았다. 큰 소리로 떠들던 아이 몇몇이 그를 알아보고는 인사도 없이 편의점으로 들어가버렸다. 마침 도착한 버스에 교복 입은 아이가 서넛 올라타는 걸, 수연은 길 건너편에서 바라보았다. 잠깐 사이에 정류장은 텅 비다시피 한 모습으로 변했다.

그는 어디로 가려는 걸까.

횡단보도 신호가 바뀌자 그가 다시 빠른 걸음으로 걷기 시작했다. 수연도 서둘러 그 뒤를 쫓았다.

✦

그는 수연의 첫사랑이었다.

여중을 졸업해 여고에 진학하면서 이성과의 만남이 어려워졌느냐면 오히려 그 반대였다. 아이들은 어떤 핑계로든 이성을 끌어들였다. 여고 남고의 어설픈 경계선이 오히려 상대방에 대한 열망을 증폭시키는 셈이었다. 게다가 낮은 언덕 하나를 사이에 두고 남고와 맞붙어 있는 수연의 학교는 더더욱 그랬다.

남학생들은 우연인 듯 길모퉁이나 횡단보도에 서 있었다. 모두의 통학로이니 손가락질할 사람도, 벌점을 주겠다고 윽박지르는 선생도 없었다. 아이들은 자연스럽게 뒤섞여 길을 걷고 어느 건물인가로 사라져갔다. 문방구에서 분식집에서 노래방에서 수없이 많은 남학생과 여학생들이 서로에게 시선을 보내고 그만큼 되받았다.

―수연아, 노래방 안 갈래?

―노래방? 나 노래 잘 못하는데.

―상관없어, 상관없어. 너는 그냥 있어주기만 해도 오케이야.

―…… 미팅이야?

―아니 뭐, 미팅이라기보다, 현지 남자친구가 친구들을 데려온다고 하더라고. 우리도 짝 맞춰서 가줘야지.

―그럼 난 안 되겠다. 이따 학원 가야 돼서 일찍 나와야 하는데, 중간에 나가버리면 좀 그렇잖아.

―한창 놀 때 그러면 분위기가 깨지긴 하지. 학원 하루만 빠지면 안 돼? 너 같은 애가 하나 끼어 있어야 걔네가 우릴 우습게 안 본단 말이야.

―미안.

상냥하게 웃어 보이면서도 수연은 속으로 한심한 것들, 이라고 생각했다.

또래 남학생들의 여드름 솟은 얼굴이나 뻣뻣한 구레나룻, 촌스럽게 삐져나온 수염은 하나같이 어설프고 우스웠다. 여자애들 또한 마찬가지였다. 하얗게 분 바른 얼굴과 터질 것처럼 팽팽히 조인 블라우스, 두꺼운 허벅지를 고스란히 드러낸 짧은 교복 치마. 수연은 그들과 나란히 서 있는 것 자체가 싫었다. 교실에서야 어쩔 수 없지만 밖에서까지 그래야 하는 건 질색이었다. 버스 안에서 큰 소리로 아는 척해오는 아이들을 보면 경멸감까지 일었다.

수연은 그들과 달랐다.

천박한 소리로 웃지 않고 아무에게나 허리춤을 내주지도 않았다. 반듯하게 다린 교복 치마를 무릎까지 내리고, 학교 배지와 이름표도 빈틈없이 착용했다. 적절한 소품으로는 전자사전과 손목시계. 수연은 누가 봐도 완벽한 모범생이었다.

모범생이라는 타이틀에 수연은 만족했다.

알아듣지도 못할 얘기들에 맞장구쳐주는 것보다 공부가 훨씬 쉬웠다. 일단 답만 내고 나면 아무도 수연에게 이유를 따져 묻지 않았다. 어설픈 감정 표현이나 감탄사도 필요 없었다. 반 아이들을 멀찍이서 보고 있자면 신기한 마음까지 들었다. 어떻게 저렇게 할 얘기가 끝도 없이 생겨나는 걸까. 웃을 때 왜 저렇게 온몸을 뒤흔드는 걸까. 툭하면 소리를 지르고 입을 손을 다리를 왜 가만 놔두지 못하는 걸까. 조용히 앉아 있는 건 아예 불가능한 건가?

수연 또한 얼마간은 반 아이들처럼 텔레비전 드라마도 보고 쇼 프로그램이나 아이돌 스타가 나오는 음악 프로그램도 챙겨 보았다. 하지만 그것들에 이렇다 할 감흥을 느낄 순 없었다. 드라마는 진부하고 쇼는 엉성했으며 음악은 시끄러웠다. 저런 게 재미있고 감동적이라니, 다들 머리가 어떻게 된 거 아냐?

하지만 수연은 그런 말들을 결코 입 밖에 내지 않았다.

첫 수업 시간에 수연은 자신이 그에게 반했다는 걸 알았다.

이상한 감정이었다. 수연은 기본적으로 냉철하고 차분한 사람을 동경하고 있었다. 동경 대상이 그런 만큼 스스로도 그렇게 되기 위해 애썼다. 다행히 수연은 감정이 풍부한 편이 아니었다. 누군가의 독설에 괴롭다거나 혼자가 쓸쓸하다거나 연애가 필요하다는, 논리적으로 설명하기 힘든 감정들에 둔감했다.

수연은 정확한 시간에 울리는 수업 시작 종소리와 똑바른 모양으로 제본된 교과서, 칠판에 또박또박 정서된 글씨가 좋았다.

그는 시작 종소리와 함께 교실에 들어섰고 단단하게 비닐로 싼 교과서를 들고 있었으며 칠판 글씨가 반듯하고 균일했다. 사립학교인 만큼 너무 오래 이곳에 근무한 선생들처럼 단추가 달랑거리는 남방셔츠나 엉덩이 부분이 구깃구깃해진 면바지도 입지 않았다. 그는 항상 목까지 단정하게 단추를 채운 와이셔츠에 넥타이, 어깨가 꼭 맞는 슈트를 입었다. 목덜미나 소매, 허리선 같은 것이 부러 재단한 것처럼 섬세하게 맞아떨어졌다.

자신에게 이상형이 있다면 저런 모습일 거라고 수연은 생각했다. 막연하게만 떠올렸던 인물이 어느 날 옷을 챙겨 입고 상상 속에서 톡 튀어나온 것처럼 수연 앞에 서 있었다.

그는 세계사를 가르쳤다.

수연의 선택과목은 정치경제였다. 딱히 관심이 있어서라기보다 점수를 받기 가장 무난한 과목이라기에 한 선택이었다. 지금까지 세계사는 교내 시험을 보기 전 잠깐 들여다보는 암기 과목에 불과했다.

그가 나타난 뒤로 수연은 새삼 세계사 수업에 집중했다. 그는 고대 사람들의 길고 아름다운 이름을 유려하게 발음할 줄 알았다. 사라져버린 도시의 이름도 그가 발음하면 새로운 생명을 얻어 자줏빛으로 너울거렸다. 삭막한 교실에 그로 인해 새로운 메소포타미아가 세워지고 책상 사이사이 은빛 유프라테스 강이 흘렀다.

세계사 시간이 되면 반 아이들은 대부분 잠을 자거나 영어 단어를 외웠다. 그의 유연한 발음과 또렷한 목소리를 알아챈 것은 수연뿐인 듯했다. 수연은 우월감에 심취했다. 칠판 정서를 할 때 보이는 그의 반듯하고 네모진 등까지 수연을 만족스럽게 만들었다. 그는 체육 선생이라 해도 어울릴 만큼 체구가 좋았지만 작고 가느다란 얼굴이 그를 지적으로 보이게 만들었다.

그의 뒤를 밟은 건 우연이었다.

그 후에 일어날 일들을 미리 알았다면 수연은 절대 그의 뒤를 밟지 않았을 것이다. 뒤를 밟기는커녕 그가 첫사랑이라는 사실조차 인정하지 않았을 것이다. 그러나 불행히도 수연은 그때 그가 어떤 사람인지 전혀 알지 못했다. 눈에 보이는 반듯함과 또렷함이 그의 전부일 거라고 상상했다. 물론 아니었지만.

✦

완연한 여름이었다.

보충수업을 마친 수연은 교무실로 불려갔다. 여름방학이라고 해봐야 고작 일주일 쉰 뒤 바로 보충수업이 시작되니 방학이라는 실감이 나질 않았다. 학기 내내 보았던 과목들이 보충수업 시간표에 꽉 들어차 있었다.

방학이야 어떻게 되든 상관없지만 한 달이나 그를 만날 수 없다는 건 안타까운 일이었다. 보충수업 시간표에 세계사는 당연히 없었다. 그는 선택과목 선생님이었다. 주요과목도 필수과목도 아닌 선택. 홀로 방학을 맞은 그는 숙직일 때 외에는 학교에 거의 나오지 않았다.

—수연이가 열심히 하고 있다는 건 선생님도 알고 있어.

담임이 모의고사 성적표를 수연 앞에 내놓았다.

컴퓨터 화면에는 지금까지의 성적들이 그래프로 변해 반짝거렸다. 들쭉날쭉한 선 끝이 바닥을 향해 쭉 내리꽂혀 있었다.

—열심히 하는 만큼 성적이 안 나오는 건 힘든 일이지. 수연이도 많이 힘들 거야. 계속 좋은 성적이라면 좋겠지만 이렇게 왔다갔다면 아무래도 불안하잖아? 모의고사에선 톱클

래스였다가 정작 수능에서 떨어지면 지금까지 한 게 전부 헛고생이 되는 거야. 이럴 거면 차라리 적당한 선에서 성적을 유지하는 게 덜 불안하지.

―오월 모의고사 성적은 S대도 문제없을 정도였어. 그런데 이번 건 S대는커녕 수도권 대학도 아슬아슬해. 뭔가 이유가 있는 건 아니지?

―다른 아이라면 성적 향상에 힘쓰라고 말하겠지만, 수연이 같은 경우는 일단 평균 점수를 확보하는 게 중요해. 이런 낮은 점수를 수능 때까지 유지할 순 없잖아? 그렇담 최소한, 중간 정도까지는 확보해야지.

―지금은 그냥 무조건, 열심히 하는 수밖에 없어. 지금까지보다 훨씬 더 열심히 해야 해.

이보다 더 열심히, 얼마나 더 열심히 하라는 걸까. 수연은 잠시 머리를 기울였다가 다시 등을 폈다. 가만히만 있으면 상담은 대개 십 분 이내로 끝났다. 대단한 이유가 없으니 대단한 해결책 또한 없는 게 당연했다. 비슷한 말을 비슷한 속도로 반복하는 것. 그게 상담의 전부였다.

담임은 더 열심히, 라는 말을 다섯 번쯤 반복한 뒤에야 수연을 놓아주었다. 수연은 박자에 맞춰 고개를 끄덕이고 담임이 내준 박카스를 받아 들었다. 담임 책상 옆 휴지통에는 벌써 서너 개의 박카스 병이 검은 속을 드러낸 채 담겨 있었다.

수연은 교무실을 나왔다. 아니, 나오려고 했다. 그런데 뜻밖의 인물이 교무실에 와 있었다.

수연은 놀란 얼굴을 가리려고 저도 모르게 고개를 푹 숙였다. 그걸 어떻게 해석했는지 담임이 뒤에서 울지 말고 힘내, 따위의 말을 쏟아냈다. 제법 큰 소리였기 때문에 교무실에 남아 있던 선생들이 일제히 수연을 돌아보았다.

그는 수연 쪽을 한 번도 바라보지 않았다. 무언가를 찾는 듯 몸을 구부리고 책상 앞에서 부산히 움직였다. 어질러진 책상과 서랍 속이 멀리서도 눈에 띄었다. 호치키스나 포스트잇 같은 잡다한 물건들이 책상 위로 끄집어내졌다.

뭘 찾고 있기에 책상을 저렇게 엉망으로 만드는 걸까. 수연은 저도 모르게 걸음을 늦췄다.

그는 어딘가 필사적으로 보였다. 수연은 천천히 문으로 걸어가 신발을 갈아 신었다. 그의 책상이 교무실 문 바로 앞이었기 때문에 그를 살피는 데 별 어려움이 없었다. 그의 이마에 땀이 송골송골 맺혀 있었다. 붉게 부풀어오른 코나 꾹 다물어진 입이 그를 낯설게 만들었다. 저런 얼굴이었던가. 항상 단정하던 그의 흐트러진 얼굴은 평소보다 더욱 눈길을 끌었다.

수연은 그의 반팔 와이셔츠와 꽉 졸라맨 허리 벨트, 검고 얇은 바지 같은 것을 눈여겨보았다. 조금 전까지 마주 보고 있던 담임의 거친 면으로 된 셔츠와 전혀 달랐다. 이제 막 수업을 끝내고 돌아온 사람은 담임이 아니라 그인 것 같았다.

 드디어 찾아냈는지 그가 구부린 등을 폈다. 손에 든 것은 노랗고 동그란 통이었다. 약국이나 슈퍼에서 흔히 볼 수 있는 비타민 통. 다만 현란한 색으로 그려진 만화 캐릭터가 눈에 걸렸다.

 그는 다소 과장된 몸짓으로 통을 털었다. 아마도 빈 통인 듯했다. 서랍 안에서 똑같은 모양의 통이 두 개 더 나왔다. 모두 비어 있었다.

 그의 입이 작게 욕을 뱉어냈다. 수업 시간에 아름답고 유려한 이름들을 나열하던 때와 달리 충격적이면서도 신선한 모습이었다. 수연은 문밖으로 물러서 그가 나오길 기다렸다. 굳이 추측해보지 않아도 그가 저 비타민을 사러 밖으로 나갈 것은 자명했다.

 그의 걸음은 몹시 빨랐다.

 수업을 하러 올 때도 이런 모습으로 다급히 걷고 있을 거라 생각하니 어쩐지 우스운 기분이 들었다. 오늘은 그의 색다른 면을 많이 볼 수 있는 날인 모양이었다. 수연은 양말을 올리는 척하며 시간을 끌다 그가 지나친 뒤에 일어났다. 적당한 거리를 두고 걸음을 옮겼지만 그는 한 번도 뒤돌아보지 않았다.

버스를 타고 세 정류장 정도 이동했다. 수연은 조심스레 그의 뒤를 따랐다. 버스에서 내릴 때는 일부러 보란 듯이 그를 앞지르기도 했다. 상점 유리창에 비친 그림자를 가늠하다 적당한 곳에서 뒤로 빠져 다시 그를 뒤쫓았다.

본격적인 홍대 앞 거리로 들어서자 수연은 난감한 기분이 들었다. 거리의 모든 곳이 사람들로 가득했다. 누군가를 기다리는 사람과 누군가에게 뛰어가는 사람, 사방을 두리번대는 사람과 휴대폰을 쥐고 화를 내고 있는 사람. 그 많은 사람 속에 교복 차림의 여자아이는 드물었다. 간혹 지나치는 또래들도 저게 과연 교복일까 싶을 정도의 요란한 차림을 하고 있었다. 그는 학교에서 나올 때부터 그랬던 것처럼 한눈 한 번 팔지 않고 곧장 앞으로 걸어갔다.

홍대 앞 놀이터가 그의 목적지였다.

놀이터 의자에 앉아 가판대를 펼치고 있는 남자에게 그가 다가갔다. 더러운 머리를 한 남자가 반색하며 일어서는 걸 수연은 멀찍이서 바라보았다. 가판 위에 있는 두꺼운 사슬 모양 목걸이나 은도금이 되어 있는 팔찌들은 어떻게 봐도 그의 이미지와 어울리지 않았다. 그 또한 물건에는 별 관심이 없는지 남자와 몇 마디 한 뒤 자리에서 일어났다.

그의 지갑에서 술술 뽑혀 나오는 수표를 수연은 멍한 얼굴로 바라보았다. 그가 산 건 멀리서 보기에도 형편없어 보이는 두꺼운 목걸이 한 줄뿐이었다.

도대체 뭐길래 저렇게나 거금을 주고 사는 걸까.

그가 왔던 길을 성큼성큼 되돌아가기 시작했다. 수연은 잠시 고민하다 그 자리에 그냥 남았다. 가판대 위 물건에 대한 호기심이 그를 이긴 셈이었다. 수연은 주위를 살핀 뒤 가판대로 다가갔다.

―오즈의 마법사 알아?

―네?

―오즈의 마법사 아냐고.

―그건 왜요?

―그냥, 아는가 싶어서.

―알아요. 예진에 책으로 읽은 적 있어요.

―오호, 의외네.

―이거, 정말 파는 거 맞아요?

수연이 남자가 내민 목걸이를 쿡쿡 찌르며 물었다.

목걸이는 새것이 아니었다. 그렇다고 유행하는 빈티지의 느낌도 아니어서, 그저 오래되어 창고에 틀어박혀 있던 걸 먼지도 털지 않은 채 들고 나왔다는 인상이 강했다. 이런 물건들을 그렇게 큰돈을 주고 사다니. 수연은 거듭 목걸이를 살폈지만 특별해 보이는 부분은 전혀 발견할 수 없었다.

―뭘 그렇게 봐. 난 짝퉁은 안 팔아.

―짝퉁? 그럼 이게 브랜드 제품이란 얘기예요?

―브랜드라. 굳이 따지자면 이것도 브랜드지. 이 근처에서 이것만큼 고급은 없으니까. 난 확실한 거 말곤 취급 안 하는 주의거든.

―직접 만드신 거예요?

―그것도 굳이 따지자면, 그런 셈.

남자가 자랑스러운 얼굴을 했다. 그 얼굴을 보고 있자니 낯선 기시감 같은 것이 밀려왔다. 오래지 않아 수연은 답을 찾아낼 수 있었다. 지금 앞에 있는 남자의 행동이나 말투가 반 아이들의 그것과 몹시 흡사했던 것이다. 대답이라면 얼마든지 해줄 수 있었다. 적당히 맞장구 치고 말 속의 단어 몇 개를 골라 되묻고 하는 일에는 이제 이골이 나 있었다.

아무 거라도 하나 사볼까. 수연은 가판대 물건 중 가장 무난해 보이는 목걸이를 골랐다. 납작하고 동그란 은색 원판에 작은 용이 새겨져 있는 것이었다. 지갑을 꺼내려는 수연을 남자가 잽싸게 저지했다. 남자가 씩 웃는 통에 깨진 사탕처럼 녹아 있는 남자의 누런 치아가 흉측하게 드러났다.

―여기선 내가 팔고 싶은 것만 팔아. 내가 주는 물건만 살 수 있어.

―뭐예요, 그게.

―너, 거기 누가 사는지 알아?

누가 살다니. 아까의 얘기를 떠올리면 분명 오즈에 대한 얘기일 터였다. 남자의 시답잖은 말놀이에 짜증이 올랐다.

―몰라? 오즈에 누가 사는지?

―사기꾼이잖아요.

―오호. 너 몇 살?

―고작 목걸이 하나 사는데 나이까지 말해야 돼요?

―내 맘이야. 싫으면 말던가.

―열여덟.

―그럼 좀 싼 걸로 골라주지.

―됐어요. 저도 그깟 목걸이 하나 살 만큼은 돈 있거든요?

남자는 놓인 물건 중에서 가장 촌스럽고 커다란 목걸이를 집어 들었다. 삐죽삐죽 이가 튀어나온 용이 옆구리를 비틀고 있는 목걸이였다. 발톱에 걸린 여의주는 나중에 급조된 것인지 금방이라도 떨어질 것처럼 어설프게 붙어 있었다.

　─오만 원짜린데 첫 거래니까 삼만 원에 해주지.

　거들먹거리는 꼴이 보기 싫어 수연은 오만 원을 전부 내고 자리에서 일어났다. 남자가 허름하기 짝이 없는 가판을 척척 걷더니 수연보다 훨씬 더 빠른 걸음으로 놀이터를 빠져나가 버렸다. 이게 무슨 상황인지 수연은 도무지 이해할 수가 없었다. 사라져버린 더러운 남자와 손에 들린 촌스러운 용 목걸이. 모든 게 다 현실감 없는 일들뿐이었다.

　이깟 목걸이가 오만 원이나 하다니. 대체 뭐야.

　되는 대로 가방에 밀어 넣고 돌아서려는데 발밑에 흐릿한 그림자가 드리워졌다. 고개를 들어보니 어느 틈에 돌아왔는지 그가 이상한 얼굴로 수연을 내려다보고 있었다.

　─그걸, 샀어?

　그의 목소리가 어쩐지 치과에서 마취 주사를 맞았을 때처럼 불분명하게 일그러져 있었다. 수연은 거칠어지려는 숨을 가까스로 가라앉혔다. 그와 이렇게 가까운 곳에서 마주한 채 목소리를 듣는 건 처음이었다. 수업 시간처럼 유연한 발음은 아니지만 그 정도는 참을 만했다.

 잠깐만, 그라고?

 수연은 급작스럽게 깨달았다. 그가 자신을 알고 있다는 사실에 기뻐할 틈도 없었다. 그는 수연이 뒤쫓아오는 걸 알고 있었던 것이다. 게다가, 그를 따라 수연이 목걸이를 사는 것까지 보았다. 그에게 뭐라고 설명해야 하는 걸까.

 미행을 당한 그가 어떤 생각을 할지 수연은 가늠할 수 없었다. 도무지 표정을 알 수 없는 얼굴이지만 평소와 다른 것만은 확실했다. 어떻게 한담. 수연은 이리저리 시선을 돌리다가 다시 그를 올려다봤다. 그의 얼굴이 순간 음영을 걷어낸 것처럼 선명해졌다.

 ─니가 그걸, 샀단 말이지.

 그의 새하얀 손이 수연을 향해 길게 뻗어왔다.

화상입니까,
닥터

약국에 들러 멸균 밴드와 비타민 씨를 샀다.

비타민 씨는 아이들용으로, 꼬마 펭귄이 그려진 동그랗고 딱딱한 플라스틱 통에 들어 있었다. 거꾸로 뒤집으면 명랑한 소리를 내며 샛노란 알갱이들이 굴러 나왔다.

―비타민도 함께 계산하실 거죠?

단조로운 물음에 나는 고개를 끄덕였다. 언제부턴가 약국에서 비타민 씨를 사는 게 습관이 돼 있었다. 파스나 종합 감기약을 사러 왔다가도 반드시 비타민 씨를 함께 계산했다. 늙은 약사의 물음은 그런 나를 인식한 것이 분명했다.

학교에 출근하기 시작하면서부터였던가. 언젠가 감기에 걸려 호되게 고생을 한 다음부터인지도 모른다. 아무튼 나는 학교 서랍 안에도 이 동그란 통을 몇 개씩 넣어두고 틈날 때마다 씹어 먹었다. 오독오독 깨지는 단단한 표면이라든가 깨지는 것과 동시에 입안 그득 퍼지는 달큼한 향도 마음에 들었다.

―오천칠백 원입니다.

―멸균 밴드는 크기별로 주세요. 넓적하고 큰 거랑 동그란 것도 주시고요.

―자주 다치시나 보죠?

밴드를 챙기는 약사의 얼굴이 어쩐지 꺼림칙했다. 경계심과 호기심이 늙은 약사의 주름 사이사이 숨어 있었다.

딱히 험한 일을 하는 것도 아닌데 나는 손발에 상처가 끊이지 않았다. 오늘만 해도 손바닥 안쪽에 일 센티미터가량의 찢어진 상처가 생겼다. 상처는 아프다기보다 성가시다. 손을 씻거나 버스 손잡이를 잡다가, 지갑을 꺼내려 뒷주머니에 손을 쑤셔 넣다가 돌연한 통증에 소스라쳐야만 했다. 매번 깨닫고 매번 소스라치는 일만큼 성가신 것도 없었다.

―아유, 그건 병원에 가셔야겠는데요.

―괜찮아요.

―그럼 소독이라도 하셔야지.

늙은 약사가 서랍 안에서 과산화수소와 면봉을 꺼내 내밀었다. 딱히 거절하기도 뭐해 대충 손에 붓고 멸균 밴드를 붙이자 밴드가 덜렁거리며 바닥으로 떨어졌다.

―습기를 먼저 제거해줘야 돼요.

늙은 약사가 가제를 내밀었다.

이런 식의 친절에는 익숙하지 않다. 친절 뒤에 어떤 옹심이 숨어 있을지 모를 일이다. 게다가 지금 늙은 약사의 얼굴에는 뭔가를 캐내고 싶어 하는 기색이 역력했다.

내가 이 동네에서 산 지도 벌써 이십 년이 다 되어간다. 그럼에도 사람들은 간혹 이런 얼굴로 나를 대하곤 했다. 호기심이 경계를 뛰어넘어 무례함으로 발전하는. 그들의 얼굴에는 공통적으로 저 표정이 떠올라 있다. 뭔가의 답을 갈구하는, 그러나 자신들이 상상하고 있는 것 이상의 소문이나 충격적인 결말을 바라고 있는 저 표정.

나는 약봉지를 주머니에 쑤셔 넣었다.

이 약국은 내가 고등학교를 졸업할 무렵 친구들과 내기에 져서 처음으로 콘돔을 사러 왔던 곳이기도 했다. 그때도 이 늙은 약사가 있었다. 지금보다 주름이 덜했지만 그때도 충분히 늙은 얼굴이었다.

밖에 우글우글 모여 유리창 안을 들여다보고 있는 친구들을 보며 늙은 약사가 빙긋 웃었다. 콘돔은 저쪽에 있으니 마음에 드는 걸로 골라 가렴. 그런데, 쓰는 방법은 아니?

늙은 약사는 그때보다 한층 더 늙은 얼굴로, 한층 더 교활해진 얼굴로 나를 바라보았다.

―시끄러운 일이 많았으니 가끔은 병원에서 건강검진을 해보는 것도 좋을 겁니다. 꼭 이렇다 할 증상이 있어야만 병원에 가는 건 아니니까요. 요즘,

―얼굴도 굉장히 안 좋으시고.

약사가 말하는 시끄러운 일, 이란 두 달 전 있었던 사건이다.

그 사건에 대해서라면 나도 할 말이 많았다. 너무 많았다. 하루 종일 얘기해도 모자랄 정도였다. 하지만 굳이 줄여 말하자면 이랬다. 나는 몹시 억울했다.

집에 돌아와 비타민 씨를 두 알 씹어 먹었다.

쌉쌀하면서도 단맛이 입안 가득 퍼졌다. 수면제 대신 비타민 씨를 복용하게 된 건 빌어먹을 처방전이 활개를 치면서부터였다. 예전에는 아무 약국에서나 쉽게 수면제를 얻을 수 있었다. 말만 잘하면 한 통씩 내주기도 했다. 특히 그 늙은 약사가 그랬다.

―강원도에서 할머니가 오셨는데, 만성 불면증이 있으세

요. 사시는 곳에선 병원이나 약국 가기도 마땅찮아서 나오신 김에 수면제를 좀 잔뜩 싸드릴까 싶은데.

그렇게 말하면 늙은 약사는 수면제를 한 통씩 그냥 내주곤 했다.

처방전 때문에 병원에 가는 건 달갑지 않았다. 의사라는 것들은 너무 말이 많고 건방졌다. 거북한 시간을 참아낸 뒤 얻을 수 있는 약의 양도 터무니없이 적었다.

의사들의 대사는 한결같았다.

잠을 못 주무신다고요? 얼마나 됐죠? 짐작 가는 이유라도 있으십니까? 딱히 일하고 계신 건 아니지요. 스트레스받을 만한 일이 있었던 것도 아니고. 흐음. 그렇다면 약을 복용하시는 것보다 적당한 운동을 해서 몸을 지치게 하는 편이 좋습니다. 잠자기 전 몸을 따뜻하게 해주시는 것도 좋은 방법이지요. 데운 우유를 마신다거나 해서 공복감도 채워주시고. 일단 상황을 좀 본 뒤에 약물 처방을 하도록 하지요. 아시다시피 약이라는 건 말입니다,

안 쓰면 안 쓸수록 좋은 겁니다.

의사의 거들먹거리는 말을 듣고 있자면 나도 모르게 깜빡 잠이 들고 말았다. 그럼 의사는 의기양양한 얼굴로 진료가 끝났으니 나가보라고 명령했다. 처방전은 물론 얻을 수 없었다.

그런 일이 몇 번 반복된 뒤 나는 비타민 씨를 복용하기 시작했다. 일종의 자기 위안이었다. 뭔가 알약 같은 것을 입안에 품고 있으면 마음이 진정됐다. 또 모르는 일이었다. 어느 날은 환각 때문에 비타민 씨가 수면제로 보일지도.

수면제를 마음대로 살 수 없게 된 뒤 나는 일차적으로 잠을 잃었다. 이차, 삼차적으로는 삶의 여유를 잃었다. 뇌가 자꾸 내게 환각을 보여주는 건 제대로 잠들지 못하는 나에 대한 항의일지도 몰랐다. 혹은 내가 일어나 움직이고 있는 동안 뇌 혼자 잠들어버린 것일지도.

그러니까 내가 보고 있는 환각들은 일종의 꿈이 되는 것이다. 나는 그 꿈을 눈꺼풀이 열린 상태에서 보지 않기 위해 얼른 이불 속으로 들어갔다.

비타민 씨가 전부 녹아 없어지기 전에 잠이 들어야 했다.

나는 까슬까슬해진 덩어리를 혀로 문지르며 양을 셌다. 상큼한 오렌지 향이 입을 벙긋댈 때마다 새어 나왔다.

눈앞에서 동글동글한 오렌지 머리를 한 양들이 수십 마리 모여 떠들어대기 시작했다. 나는 입으로 오렌지 머리 양들을 후후 불었다. 비타민 씨 냄새가 방에 퍼졌다. 길고 고독한 불면의 밤을 헤쳐 나가기에 적당한 냄새였다.

✦

―잠은 잘 잤어요?

닥터 팽은 이전의 근엄하고 덥수룩한 모습으로 돌아와 있었다. 각진 얼굴에 새까만 눈썹, 지루할 정도로 길게 내려오는 코와 깊게 골이 진 인중, 꽉 다문 입술. 고지식한 얼굴 그 자체였다.

나는 고작 이틀 사이 울창하게 다시 자라난 닥터 팽의 수염을 눈여겨보았다. 번들거리는 립스틱과 붉은 보라색 매니큐어도 말끔하게 지워져 있었다. 지난번 검은 홈드레스 차림의 닥터 팽이 환각일까 오늘의 털북숭이 닥터 팽이 환각일까.

닥터 팽은 내 시선에 아랑곳하지 않고 짐짓 권위적인 턱짓으로 소파침대를 가리켰다.

―저기 좀 앉아요.

―웬 소파, 침대인가요?

―우리 간호사가 멋대로 홈쇼핑에 주문을 했지요. 그런데 저게 꽤 평이 좋아서 상담에 쓰고 있는 중입니다. 프로이트 박사가 된 기분이라고 할까요.

간호사라니. 나는 이곳에서 간호사는커녕 나 외의 사람을 한 번도 본 적이 없었다.

닥터 팽은 정말 프로이트 박사라도 된 양 검은 파이프를 꺼내 입에 물었다. 한눈에 보기에도 대량생산된 게 분명한 싸구려 플라스틱 파이프였다. 닥터 팽은 파이프에 담배를 꽂는 대신 짧게 숨을 내보냈다. 호르르륵. 작은 호루라기 소리가 울렸다. 동시에 파이프 끝에서 하얗고 조그만 새가 톡 튀어나왔다 들어갔다. 저 얼굴로 장난감 파이프라니. 갑자기 피로가 몰려와 양 어깨를 짓눌렀다.

―잠은 좀 잤어요?

―네.

―얼굴이 꺼칠한데. 아주 피곤해 보여요.

―그럴지도 모르겠어요.

―오늘도 환각이 보였습니까?

―지금 보이는 것 같네요. 선생님 수염이 운동화 솔만큼 길어 보이거든요.

―이건 환각이 아닙니다.

―담배 파이프 대신 새가 튀어나오는 호루라기를 물고 있는 것도?

―긴장을 좀 풀어드릴까 했는데 실패한 모양이네요. 빼겠습니다.

―그게 환각이 아니라면.

―없었습니까?

―아니오. 지금 이게 환각이 아니라면 이틀 전에 본 게 환각이겠네요. 선생님이 검고 긴 드레스에 보라색 립스틱을 칠하고 계셨어요. 제 젖꼭지에도 몇 번 달려들 기세였고.

―그런 기억은 없습니다만.

―그러니까 그게 환각이라니까요.

닥터 팽이 딱딱한 커버를 씌운 노트에 뭔가를 휘갈겨 썼다. 오늘은 제대로 흰 가운도 입고 있었다.

가운을 입은 닥터 팽은 정말 의사처럼 보였다. 울창한 수염조차 어쩐지 전문적인 냄새가 났다. 닥터 팽은 노트에 한참을 더 메모한 뒤 얼굴을 들어 나를 쳐다보았다. 뭔가를 골똘히 생각하는 눈치였다.

나는 소파침대에 올려진 내 발을 쳐다보며 닥터 팽의 말을 기다렸다. 뭐가 묻은 건지 양말목이 새카맸다. 자세히 보니 바지 밑단에도 목탄 같은 새카만 가루들이 점점이 붙어 있었다. 손으로 털어내려고 하자 긴 선을 그리며 번졌다.

―상처가 늘었군요.

닥터 팽이 눈을 가늘게 떴다. 언제 샀는지 전혀 기억에 없는 고등어를 냉장고에서 꺼내 살펴보는 듯한 눈이었다. 상한 눈알에서 꼬물꼬물 기생충이 기어 나올까 봐 나는 눈을 꽉 감았다 떴다. 대형 멸균 밴드를 붙인 손바닥이 따끔거렸다. 닥터 팽의 눈이 내 팔뚝과 목 근처를 빠르게 훑었다.

—상처가 날 때의 기억은 있습니까?

—뭐 별로, 대단찮은 상처뿐인데요. 책을 읽다가 벤 거라든가 지나가는 사람 가방 고리에 긁혔다든가 했던 것 같아요.

—책을 읽으십니까?

—그럼요. 읽지요.

—가장 최근에 읽은 책은 뭡니까?

—…….

—안 읽으시는군요.

—신문은, 신문은 굉장히 열심히 읽고 있어요. 오늘 아침 신문도 읽었어요. 다방에서 일하는 이복여동생을 납치해 아버지에게 금품을 요구하다 실패하자 여동생을 죽여 저수지에 던져버린 스무 살 먹은 남자 얘기.

—그건 한 달하고도 육 일 전 일인데요.

—…….

—책이나 신문을 안 읽는다고 부끄러워하실 필요 없습니다. 요즘같이 바쁜 때에 누가 그런 걸 봅니까. 궁금한 건 인터넷에서 알려주고 자극적인 영화와 드라마가 판을 치는데. 신

문이나 소설책을 사고 읽는 건 그야말로 촌스러운 취미에 불과할지도 모릅니다.

―난 정말로 책을 읽어요. 신문도 꼬박꼬박 챙겨 보고요.

―네네, 그러시겠지요.

문득 지난번의 간드러진 닥터 팽이 차라리 더 좋았다는 생각이 들었다. 홈드레스의 닥터 팽은 적어도 이런 식으로 나를 무시하거나 어린애 대하듯 깔보지는 않았었다. 오히려 내게 뭔가를 갈구하는 듯한, 뭔가 내가 닥터 팽보다 우위에 서 있다는 듯한 느낌을 갖게 만들었다.

이런 내 생각을 꿰뚫어보기라도 했는지 닥터 팽이 파이프 호루라기를 내려놓고 다가왔다. 반쯤 일어나 있는 나를 똑바로 소파침대에 눕히더니 뻣뻣하게 굳어 있는 내 뒷목을 주무르기 시작했다. 마디가 두껍고 악력이 센 손이었다.

―예전에 읽었던 기사 중 제일 기억에 남는 건 뭐죠?

닥터 팽이 주무르는 대로 내 머리가 이리저리 흔들렸다. 약간 아득하고 어질어질한 감각이 싫지 않았다. 닥터 팽의 손에 꽉꽉 눌린 어깨가 노곤하게 풀리며 희미한 바람 소리 같은 것이 들려왔다. 나는 순순히 닥터 팽의 질문에 대답했다.

―보험금을 타려고 강도로 위장해 어머니를 열여섯 번이나 칼로 찔러 죽인 고등학생 남자애 기사요.

―왜 하필이면 그 기사가?

―글쎄요.

―뭔가 이유라도 있습니까? 그 남학생처럼 어머니를 죽이고 싶었던 적이 있나요?

―아니요.

―그럼 아버지는?

―글쎄요.

―당신은 아버지를 죽이고 싶었던 거군요.

―꼭 그렇지는 않아요. 굳이 따지자면 날 죽이려고 했던 건 아버지지요. 보험금과 장애인 연금을 타먹으려고요.

✦

나는 돌잔치를 두 달 앞두고 있었다.

아빠가 아직 건설 현장 감독일을 하기 전의 일이었다. 아빠는 생활 능력이라곤 전혀 없는 늙은 양아치였다. 우리 가족은 엄마가 공장에서 사탕 봉지를 비틀어 벌어온 돈으로 연명했다. 하루 수백, 수천 개의 봉지를 비트는 동안 엄마 성격도 조금씩 비틀렸고 덩달아 아빠의 성격이나 양심, 뭐 그런 사소한 것들도 함께 비틀렸다.

아빠가 건설 현장 감독이라는 번듯한 이름표를 얻게 된 건 내가 일곱 살 되던 해로, 그때는 이미 엄마의 폐가 반 이상 썩어버린 뒤였다. 그전까지는 성인 게임장과 방석집, 포장마차 등지를 순회하는 게 아빠의 일상이었다.

썩어가는 폐 때문에 엄마는 늘 찢어진 빨대처럼 쉭쉭거리며 숨을 쉬었다. 찢어진 빨대가 으레 그런 것처럼 애쓰는 것에 비해 숨은 일반인의 절반 정도밖에 쉴 수 없었다. 엄마는 집에 오면 항상 손을 따뜻한 물에 담그고 주물렀는데, 안 그래도 피가 잘 안 통하는 손으로 종일 사탕 봉지를 비틀다 보니 생긴 건초염 때문이었다.

문제의 그날도 엄마는 공장에서 쉭쉭거리며 사탕 봉지를 비틀고 있었다.

아빠는 손잡이가 달린 노란 양동이를 꺼내왔다. 시장에서 엄마가 오천 원에 사온 양동이었다. 우리 집은 연탄을 땠기 때문에 뜨거운 물을 쓰려면 양동이에 물을 담아 가스레인지에서 한참 끓여야 했다. 아빠는 가스레인지 위에 양동이를 올리고 불을 켰다.

불길이 너무 센 탓에 양동이 밑바닥이 금세 새까맣게 그을었다. 물이 부글부글 끓는 동안 나는 내가 벗어놓은 기저귀를 빨아먹으며 놀고 있었다. 기어다니기에 한창 흥이 붙을 나이였지만 충분히 돌아다닐 만큼 방은 넓지 않았다.

부엌이 뜨거운 증기로 가득 찼다. 아빠는 땀을 뚝뚝 흘리며 물이 끓는 걸 지켜보았다. 시험 삼아 물에 손가락을 넣어보았다가 괴성을 지르며 수도로 뛰어가기도 했다. 나는 아빠를 향해 기어가다 문턱에 걸려 이마를 두 번 찧었다.

세숫대야에 양동이 물을 옮겨 붓고 아빠는 잠시 고민했다.

나에 대한 고민이 아니라 자신에 대한 고민이었다. 아까 손가락을 넣어본 바에 의하면 물은 눈이 튀어나올 정도로 뜨거웠다. 그렇다면 계획에 차질이 생길지도 몰랐다. 생각 끝에 아빠는 빨간 고무장갑을 꺼내와 자신의 팔에 단단히 꼈다. 혹시라도 벗겨질까 봐 노란 고무줄로 팔뚝 부근을 칭칭 감기까지 했다.

나는 겨우겨우 아빠가 있는 곳에 도착했다. 부엌으로 내려가는 문지방이 너무 높아 나는 한차례 더 바닥을 굴렀다. 이마가 빨갛게 벗겨진 나를 아빠가 들어 올렸다. 그러고는

뜨거운 물이 담긴 세숫대야 안에 집어넣었다.

누나는 멀리 골목을 돌아올 때부터 찢어지는 것 같은 울음소리를 들었다. 듣고 있는 사람 배꼽이 대신 튀어나갈 정도로 악착같은 울음소리였다.

어쩐지 불길한 예감에 누나는 무작정 뛰었다. 덜렁거리는 책가방과 신발주머니를 벗어던지고 바지가 다 흘러내릴 정도로 빠른 달음박질이었다. 그런 와중에도 누나는 자신의 배꼽을 엄지손가락으로 꽉 누르는 걸 잊지 않았다.

누나가 벼락같이 문을 열어젖혔다.

내 겨드랑이에 손을 끼운 채 부엌 바닥에 쪼그려 앉아 있던 아빠가 시뻘게진 얼굴로 뒤를 돌아보았다.

나는 펄펄 끓는 물이 담긴 세숫대야에 막 허리가 잠긴 참이었다. 뜨거운 물이 사방으로 튀어 아빠의 바지와 얼굴도 엉망이었다. 벌겋게 부풀어오른 손자국이 내 가슴에 몇 개나 찍혀 있었다.

누나는 아빠를 프라이팬으로 내려치거나 몸싸움을 하는 대신 세숫대야에 담긴 물을 왈칵 뒤집었다. 덕분에 누나의 발등과 종아리에도 물이 튀어 화상을 입었다. 하지만 그것은 여덟 살 먹은 아이가 할 수 있는 최선의 행동이었다.

―이런 쌍노무 기집애가!

아빠가 나를 내던지고 누나 머리통을 후려갈겼다. 두꺼운 주먹을 움켜쥔 채여서 누나가 허청거리며 바닥에 쓰러졌다. 아빠는 홧김에 한 대를 내리친 뒤 더 이상 아무 짓도 하지 않았다. 그 얼굴에 증기처럼 서린 건 명백한 아쉬움이었다.

누나는 울면서 엄마가 일하고 있는 공장에 전화를 걸었다.

공장 직원이 바쁘다는 핑계로 엄마를 바꿔주지 않아 전화는 한 시간도 더 지난 뒤에야 연결됐다. 엄마가 허둥지둥 달려왔을 때 나는 얼음이 둥둥 떠 있는 세숫대야 안에 다시 잠겨 있었다.

—엄마, 아빠가! 아빠가!

얼음물을 끼얹고 있던 누나가 엄마 품에 달려들었다. 엄마는 누나를 끌어안은 채 꼼짝도 하지 못했다. 나는 기진맥진한 꼴로 세숫대야 안에 떠 있었다. 온몸이 새빨갛고 옆구리와 무릎 뒤, 사타구니 같은 곳에 커다란 수포가 잡혀 있었다. 아빠는 어디론가 사라진 뒤였다.

이윽고 정신을 차린 엄마가 내게 다가왔다.

대추씨처럼 쪼그라든 음낭과 성기를 꼼꼼히 살펴본 엄마는 나를 병원에 데려가는 대신 약국으로 가 화상 연고와 후시딘을 사왔다. 그러고는 이상한 모양으로 손가락 한 마디만큼이나 툭 튀어나온 내 배꼽을 꾹꾹 눌러 집어넣었다.

화상 연고와 후시딘을 섞어 바른 내 몸에 넓은 붕대가 둘둘 감겼다. 온종일 울다가 딸꾹질을 하며 토하고, 발작하듯 온몸을 떨어대는 나를 누나가 둘러업고 달랬다.

다음 날 또 다음 날이 되도록 아빠는 돌아오지 않았다.

공장을 쉰 엄마가 내 몸에 감긴 붕대를 풀었다.

허리 아래부터 발가락 사이사이까지 수포가 빼곡히 들어차 있었다. 끓어오른 수포는 여기저기서 한 덩어리로 뭉쳐 미지근한 물을 뿜어내며 터졌다. 터진 살갗 아래로 벌겋게 일그러진 속살이 드러났다.

엄마는 기겁을 한 채 병원으로 달려갔다. 나는 전신 2도 화상 진단을 받고 새로운 붕대를 몸에 감았다.

―애를 도대체 어쩔 생각이었어?

엄마가 일주일 만에 집으로 돌아온 아빠에게 차분한 목소리로 물었다. 목소리만 차분하다 뿐이지 손에는 날카롭게 간 부엌칼이 들려 있었다. 아빠는 오른손에 가위를 든 채 맞대응했다.

―보험금을 좀 타볼까 했지. 장애인 연금 신청도 하고.

―보험금? 장애인 연금 신청?

―그래, 그거.

아빠가 떨떠름한 목소리를 냈다. 엄마 손에 들린 부엌칼 때문이 아니라 뜻한 바를 이루지 못한 것에 대한 억울함 같은 것이 목소리 가득 배어 있었다.

아빠가 나를 흘긋 바라보고는 말했다.

―당신, 저 애 보험을 세 개나 들었잖아? 꼬박꼬박 돈 내면서 제때 타먹지 못하면 그것도 손해라고. 이번만 해도, 봐. 보험사에서 꽤 쏠쏠하게 나온다지?

엄마가 더 참지 못하고 부엌칼을 내질렀다.

부엌칼은 가위에 부딪쳐 섬뜩한 쇳소리와 함께 서로의 손에 길쭉한 자상만을 남겨놓고 물러났다. 아빠가 피를 뚝뚝 흘리며 죽는 소리를 했다. 엄마는 손바닥과 손목을 가위에 찔렸는데도 신음 소리 한 번 내지 않았다.

―아파! 아파 죽겠다구, 이 망할 여편네야!

나뒹구는 아빠에게 엄마가 후시딘과 반창고를 던져주었다.

누나는 오랫동안 그때의 충격에서 벗어나지 못했다.

아빠 옆에는 무슨 수를 써서든 가지 않았다. 아빠가 집에 있으면 밥상에도 앉지 않고 종일 굶었다. 엄마가 나뿐 아니라 누나 앞으로도 어린이보험을 두 개나 들어놓았다는 사실을 알았기 때문이었다.

누나와 아빠 사이에는 보이지 않는 막이 생겼다. 그것은 두껍고 절대적인 것이어서 누나가 춤바람이 나 아빠에게 머리칼을 휘어잡히기 전까지는 결코 깨지지 않았다.

충격은 나 또한 마찬가지였다.

내 배꼽은 제대로 자리 잡지 못하고 작은 성기처럼 튀어나온 채 굳었다. 두번째 성기 혹은 세번째 젖꼭지처럼 솟아오른 배꼽을 볼 때마다 그날의 기억이 떠올라 진저리를 쳐야 했다.

세숫대야는 물론 뜨거운 물도 사용하지 못했다. 나는 오로지 찬물로만 세수하고 찬물로만 목욕했다. 열탕이 끔찍해 대중목욕탕에도 가지 않았다. 한겨울에도 마찬가지여서 나는 입이 돌아갈 정도로 차가운 물을 머리부터 끼얹고는 내내 감기에 시달렸다. 그 일은 독감이 폐렴으로, 다시 늑막염으로 번져 죽을 고비를 넘기기 전까지 계속되었다.

✦

―지금도 뜨거운 물이 싫어요?

어느새 닥터 팽은 뜨거운 물이 가득 담긴 세숫대야를 들고 내 앞에 서 있었다.

안마를 받느라 노곤해졌던 몸이 다시 딱딱하게 굳었다. 테이블 위에 놓인 커피포트가 아직도 뜨거운 김을 뿜어내고 있었다. 바닥에 텅 빈 채 굴러다니는 생수통이 뜨거운 물의 출

처를 일러주었다. 등에서 식은땀이 줄줄 흘러내렸다. 그와 동시에,

닥터 팽이 내 발에서 양말을 벗겨냈다.

─따뜻한 물에 발을 담그고 있으면 잠이 잘 오지요.

닥터 팽이 젖은 손으로 내 발등을 쓰다듬었다. 손바닥이 불처럼 뜨거웠다. 나는 닥터 팽에게 발이 잡힌 채 굳어 있었다. 닥터 팽의 치료 방법은 지나치게 과격했다. 치료라기보다 나를 괴롭히는 것에 가까웠다. 지금 당장이라도 저 뻔뻔스러운 얼굴을 걷어차고 일어나야 했다.

그러나 세숫대야에서 몽실몽실 피어오른 열기가 나를 주저하게 만들었다.

─화상을 입었던 것치고 깨끗하게 아물었군요. 발가락 사이에도 흉터 하나 없어요. 운이 나쁘면 화상 입은 발가락이나 무릎 뒤가 구부러진 채로 살이 아물기도 하지요.

─아, 저,

─화상이 무서운 건 말입니다, 그 흔적이 절대로 없어지질 않기 때문에 그렇습니다. 살이 찢어지거나 긁히는 게 아니라 아예 뭉그러져버리는 거거든요. 크림치즈처럼 뭉개진 살이 원형대로 깨끗이 굳는다는 건 힘든 일이지요.

─바, 발이, 물이,

─성형수술을 받은 적 있습니까? 발기할 때 살갗이 찢어지다거나 하는 경우는?

─어, 없어요.

─그것 참 이상하군요. 이건 뭐랄까, 화상을 입었던 적이 있다기보다는 말입니다.

나는 그만 참지 못하고 세숫대야를 걷어찼다.

뜨거운 물을 뒤집어쓴 닥터 팽의 수염에서 모락모락 김이 올랐다. 닥터 팽은 조금도 놀란 것 같지 않았다. 다만 의심과 분노가 가득한 눈으로 나를 노려보았다.

나는 맨발로 그에게서 도망쳤다. 좁고 긴 복도를 달려가는 동안 어째서인지 시퍼런 부엌칼을 든 채 내 뒤를 쫓고 있을 닥터 팽이 떠올랐다. 무시무시하고 끔찍한데도 상상을 멈출 수가 없었다. 나는 비명을 지르며 건물 밖으로 뛰쳐나갔다.

목뼈입니다

―아버지 얘기를 좀 해보죠.

닥터 팽은 여유로운 모습이었다.

의자 깊숙이 기대 왼다리를 꼰 모습이 잡지에서 튀어나온 것처럼 자연스럽고 우아했다. 나를 향해 내밀어진 검은 구두 끝이 화살표처럼 뾰족했다. 가볍게 팔꿈치를 댄 책상 위에 재떨이와 파이프 호루라기가 서로 기대어 놓여 있었다.

여기저기 늘어놓은 책들 사이로 딱딱한 커버를 씌운 노트가 눈에 띄었다. 닥터 팽이 늘 무언가를 끼적거리던 노트였다. 닥터 팽은 노트에 손을 얹으며 한층 더 여유로운 미소를 지어 보였다.

―앉으세요. 나무 의자라 좀 불편하시겠지만.

―전에 있던 소파침대는?

―아아. 그건 간호사가 반품시켰어요. 여자의 변덕이랄까요. 쓸 만큼 쓰면 미련 없이 내버리는 게 여자니까요.

농담 섞인 말투에 힘이 빠져 나는 의자에 털썩 주저앉았다. 닥터 팽을 만날까 말까 고민하며 이십 분이나 문 앞을 서성거린 내가 한심하게 느껴졌다. 긴장한 탓에 잠시 잊고 있었던 피로와 불쾌감이 목전으로 툭툭 던져졌다.

나는 미간을 찌푸리고 우는 소리를 냈다.

―통 잠을 잘 수가 없어요.

―마지막으로 잠을 잔 게 언제죠?

―그런 건 이제 기억도 안 나요.

닥터 팽은 내 맥박을 재고 아이라이트로 눈동자를 확인했다. 너무 한참 라이트를 대고 있었기 때문에 닥터 팽이 내게서 몸을 뗐을 땐 세상이 온통 새빨갛게 보일 정도였다. 붉은 얼룩이 눈을 깜빡일 때마다 닥터 팽의 얼굴에 쾅쾅 찍혔다.

―괜찮아요. 당신의 경우는 불면이 아닌 다른 문제 때문에 피곤하고 혼란스러운 거니까.

―그게 무슨 소리죠?

―당신의 문제는 불면증이 아니라는 얘깁니다.

―내 문제는 불면증이에요. 나는 피곤해요. 빌어먹을, 벌

써 며칠이나 잠을 못 잤다고요. 해결 방법은 벌써 알고 있어요. 닥터가 처방전 하나만 내게 주면 돼요. 아주 간단하죠? 처방전에 대한 사례를 따로 하라면 얼마든지 할게요.

내 말을 깨끗이 무시한 닥터 팽이 다시 자기 의자에 앉았다. 그러고는 책 무더기에 가려 보이지 않던 유리 주전자를 꺼내 아주 천천히 잔에 차를 따랐다.

입안이 바싹 마를 정도로 진한 향이 방 안 가득 찼다. 잘 마른 짚단에서 나는 냄새 같기도 하고 나무껍질 모닥불 냄새 같기도 했다. 닥터 팽은 찻잔을 입에 댔지만 마시지는 않고 깊게 향만 맡았다. 코끝이 찡하고 팔다리가 간질간질해질 정도로 강한 향이었다.

─그건 차츰 풀어나가야 할 문제고.

닥터 팽이 찻잔을 내려놓더니 싱긋 웃었다. 아직까지도 붉은 얼룩이 도장처럼 닥터 팽 얼굴 여기저기에 찍혀 있었다.

─오늘은 김종수 씨, 당신 아버지 얘기를 좀 해보죠.

✦

아빠는 보잘것없는 인물이었다.

가느다란 눈과 각진 턱 때문에 얼굴은 고집스러워 보였지만 실제로는 전혀 배짱이 없었다. 게다가 다혈질로 사람이고 물건이고 여기저기 들이받는 곳이 많았다. 그런 뒤엔 틀림없이 사라졌지만. 말하자면 건들대며 다니다 말도 안 되는 사고를 쳐놓고 줄행랑을 놓는 식이었는데, 나를 뜨거운 물이 담긴 세숫대야에 집어넣는다든가 하는 사건이 그랬다. 뒷수습은 죽기 전까지 전부 엄마가 했다.

사실 나는 아빠에 대해 거의 모른다.

내가 볼 수 있었던 건 아빠 인생의 후기, 그러니까 아빠가 죽기 전의 십 년 정도다. 나는 아빠 인생이 거의 막바지로 치달았을 때 태어났다. 누나는 아빠에 대해 좀더 많은 것을 알고 있겠지만 이미 죽어버렸으니 별 소용이 없다. 내가 알고 있는 아빠는 보잘것없고 생산성도, 쓸모도 없는 그런 사람이었다.

누나가 죽은 뒤 아빠는 상당히 변했다.

그렇다고 해서 누나보다 앞선 엄마의 죽음이 아빠를 전혀 변화시키지 않았느냐 하면 그것도 아니다. 사실 아빠가 직업을 정하고 성실하게 살기 시작한 것은 엄마의 병 때문이었다. 엄마가 피를 토하며 자리에 누운 뒤에야 아빠는 일을 구했다. 비로소 한 가정을 책임져야 한다는 사실이 아빠의 어깨를 짓눌렀을 게 틀림없었다.

엄마의 죽음이 아빠를 바로잡아놓았다면 누나의 죽음은 가까스로 자리 잡았던 아빠의 삶을 통째로 뒤흔들어놓는 계기가 됐다.

물론 누나가 죽어버린 건 아빠의 추격전과는 상관없었다.

누나를 죽인 상대는 일주일 동안 고작 열아홉 시간밖에 잘 수 없었던, 충주에서 서울로 춘천으로 다시 목포로 운전하며 화물을 옮겨야 했던 트럭 운전수였다.

트럭 운전수는 횡단보도를 건너는 누나가 환각인 줄 알았는지 브레이크를 전혀 잡지 않은 상태로 돌진했다. 운이 나빴다고밖에 할 수 없었다. 트럭에 치인 누나는 즉사. 앞바퀴와 뒷바퀴에 휘말린 두 명의 여고생은 각각 갈비뼈 넉 대와 골반뼈가 부서졌다. 그 외 무수한 잡뼈들이 금 가고 골절됐겠지만 누나의 꺾인 목만큼 치명적이진 않았다.

트럭 운전수는 차에서 내려 기묘한 방향으로 꺾어진 누나의 목과 여기저기 나동그라져 신음하는 두 명의 여고생을 보았다.

경찰과 구급대에 전화한 뒤 트럭 운전수는 곧장 학교 앞 편의점으로 들어갔다. 소주 두 병과 쥐포 하나를 산 트럭 운전수가 파라솔 아래 앉았다. 한 병을 그대로 마시고 두번째 병에 손을 댔을 때 요란한 비상등 소리와 함께 구급차가 도착했다. 트럭 운전수는 그대로 앉아 남은 병을 다 비웠다. 그러고는 백 미터쯤 떨어진 곳에 경찰차가 나타났을 때, 불현듯 달려나가 트럭을 몰고 도망치기 시작했다.

트럭은 교문 반쪽을 부수고 그 자리에 퍼졌다.

보충수업을 위해 아침 일찍 등교하던 상당수의 학생들이 그 처참한 현장을 목격했다. 학교는 학생들의 심리적 안정을 위해 그 후 이틀 동안 오전 수업만 진행했다. 누나를 실은 영구차는 학교 운동장을 두 바퀴 돈 뒤 화장터로 향했다. 누나의 영정 사진은 내가 들었다.

아빠는 누나가 꿰매다 만, 그러니까 지난날 비 오는 골목에서 입고 춤추다 등판이 터져버린 댄스복을 한동안 바지춤에 꽂고 다녔다. 이유 같은 건 모르겠다. 미련이라거나 죄책감, 뭐 그런 것 때문이 아니었을까 싶다. 나는 아빠와 친하지 않았지만 그렇다고 아빠를 싫어하는 것도 아니었다. 왜 그런지 나는 뜨거운 물만큼 아빠가 싫지는 않았다.

엄마는 한 달 만에 다시 공장에 나갔다.

이놈의 것 때문에 내 인생이 죄다 배배 꼬였다고 원망하면서도 엄마는 사탕 봉지 비트는 일을 그만둘 수 없었다. 아무도 누나에 대한 얘기를 하지 않았다. 아빠 주머니 안에서 차락거리는 구슬들만이 누나의 유일한 흔적이었다.

아니, 잠깐. 이때는 벌써 엄마가 죽어버린 뒤였던가?

아무려면 어때. 사소한 것들은 그냥 넘어가자.

누나 사십구재를 지낸 뒤 아빠가 사라졌다.

사라지고 나타나고를 반복하는 건 아빠의 특기였다. 엄마도 나도 아빠를 찾지 않았다. 엄마는 아빠를 찾으러 나가는 대신 장판 밑에 깔아두었던 지폐들을 치우고 통장 비밀번호를 바꿨다.

나는 방 정리를 시작했다. 엄마 아빠와 함께 쓰던 방에서 나와 누나 방으로 옮기게 된 참이었다. 방을 혼자 쓸 수 있게 됐다는 기쁨 같은 건 없었다. 그저 그것은 정해진 수순에 불과했다. 초라한 짐 상자를 들고 방에 들어가니 누나 키에 맞춘 책상과 옷장이 깨끗이 비어 있었다. 책상 아래 있던 아찔하게 높은 굽의 신발은 흔적조차 없었다.

누나 방에서 잠든 첫날 나는 악몽에 시달렸다.

비에 젖은 흰 발이 하이힐을 신고 내 얼굴 위를 또박또박 걸어 다니는 꿈이었다. 잠에서 깨자 얼굴에 붉은 홈들이 곰보 자국처럼 무수히 패어 있었다. 엄마는 열한 살이나 되어서 뜬금없이 수두를 앓는다고 성가셔했다. 수두는 금세 나았지만 목과 귀 뒤, 왼쪽 뺨에 또렷한 곰보 자국을 남겼다.

나는 훈장처럼 곰보 자국을 인 채 현장학습을 갔다.

아빠를 발견한 건 월미도 놀이공원에서 자유시간을 받았을 때였다. 반 아이들과 바이킹을 타러 달려가다 말고 나는 놀이기구 사이에 우뚝 섰다. 아빠가 디스코 앞에 우두커니 멈춰 있었다.

―저거, 탈 거야?

―아니.

―근데 왜 여기 서 있어?

아빠는 오래도록 숨을 내쉬었다.

디스코는 병뚜껑처럼 생긴 거대한 원형 판 놀이기구였다. 가장자리에 둘러놓은 의자에 사람들이 붙어 앉으면 판이 빙글빙글 돌아가며 팝콘 기계처럼 튀었다. 전부 수동 조작으로, 기계를 돌리며 디제이를 보는 아저씨가 따로 있었다.

디제이는 원형 판을 빠르게 돌리기도 하고 멈추게도 하고 앉아 있는 사람을 일으켜 가운데 세우기도 했다. 그러고는 불현듯 판을 탕탕 튕겨 사람들을 넘어뜨렸다. 사람들은 텅 빈 가운데 공간에서 정신없이 굴러다니며 낄낄거렸다.

안전바나 벨트 같은 건 물론 없었다.

사람들이 넘어지고 고꾸라지며 의자에 다시 앉으려 애쓰고 있었다. 아래에서 철버덕 털버덕 넘어지는 사람들을 구경하는 것도 나름의 재미였다. 마침 소풍 온 중학교 여자애들이 교복 치마 바람에 팬티를 훤히 내보이며 고꾸라지고 있었다.

　차례를 기다리던 사람들과 디스코를 구경하던 사람들이 아빠를 흘끔흘끔 쳐다봤다. 용도 불명의 번쩍거리는 구슬천을 바지에 꿰고 멍하니 디스코를 바라보는 아빠는 내가 보기에도 음흉하고 수상쩍었다.

　—엄마는 잘 있냐?

　아빠가 디스코에서 눈을 떼지 않은 채 물었다.

　—그냥 그래.

　—니 엄마한테 나 봤다고 하지 마라.

　—왜?

　—쪽팔리니까.

　—뭐가?

　—그냥. 그냥 다 쪽팔려.

　—누나들 팬티 훔쳐보고 있었던 게?

　—이 자식이!

　—말 안 해. 그보다 엄마, 아빠한테 관심 없어. 통장 비밀번호도 죄다 바꿨어. 좀 있으면 현관 열쇠도 바꿀 거래.

　—…….

　—…….

　—…… 팬티 같은 걸 보고 있던 게 아니야.

―어?

―자 봐라. 이제 나온다.

아빠가 손가락질한 끝으로 모자를 깊게 눌러쓴 키 작은 남자 하나가 의자에서 일어났다. 디스코가 빠르게 회전하고 있었고 음악 소리는 아까보다 훨씬 더 커진 듯했다. 능청스럽게 사람들을 놀려대던 디제이조차 침묵했다. 남자는 팔걸이에 매달려 회전을 견디고 있는 사람들 앞에 무표정한 얼굴로 우뚝 섰다. 팽이꼭지 같은 모양새였다.

―저 사람이 말이다, 이제부터 춤을 추거든.

―춤?

―춤이라고 해야 하나. 뭐, 그냥 펄쩍 뛰는 거지만 말이다.

나는 아빠 옆에 서서 그 남자를 주시했다.

매표소 앞에서 기다리던 친구들이 나를 내버려둔 채 줄 끝에 붙었다. 나는 좀 낯선 기분이었다. 아빠와 나란히 서서, 그렇게 많은 얘기를 나눠본 것이 처음이기 때문이었다. 그런데 그게 낯설다 뿐이지 전혀 어색하지가 않았다.

아빠는 홀린 사람처럼 남자를 응시하더니 발로 타닥타닥 박자를 맞추기 시작했다. 남자는 팔을 몇 번 흔들고 다시 섰다. 디스코가 탁탁탁 세 번 튀었다. 그러고는 크게 한 번. 몸을 움츠린 남자가 디스코의 튕김을 발판 삼아 순간적으로 몸을 쫙 펴며 날아올랐다.

그것은 분명 날아오르는 것이었다.

공중에서 한 바퀴 회전한 남자가 디스코 중앙에 정확히 착지했다. 눈 깜짝할 사이였다. 사방에서 환호성이 울렸다. 남자는 비슷한 점프를 서너 차례 더 선보인 다음에야 의자에 앉았다. 디스코가 다시 경망스럽게 돌아가기 시작했다.

—저걸 배워볼까 한다.

아빠는 방금 점프한 사람이 자기라도 되는 것처럼 거친 숨을 쉬고 있었다.

—그러니까 니 엄마한테는 말하지 마라.

—왜?

—쪽팔리잖냐.

—저게 도대체 뭔데? 저걸 배워서 어쩌려는 거야, 아빠?

아빠가 어쩐지 쓸쓸해 보이는 얼굴로 대꾸했다.

—스포츠. 저게 바로 스포츠잖냐.

월미도에서 학교로 돌아오는 길 내내 나는 아빠의 말을 떠올렸다. 점프하는 남자가 신기하긴 했다. 하지만 건설 현장 감독일을 하던 아빠가 직장과 집을 나와 배울 만큼 대단한 스포츠로는 보이지 않았다. 대체 스포츠라는 게 뭘까. 놀이기구에서 점프하는 것도 스포츠에 들어가긴 하는 걸까. 아빠는 대체 뭐가 하고 싶은 걸까.

나는 아빠와 처음 해본 그 대화가 어쩐지 마지막이 되리라는 것을 알고 있었다. 그래서 아빠와의 약속을 지키기로 결심했다.

엄마는 여전히 사탕 봉지를 비틀고 있었다. 주머니에 넣어온 사탕 여남은 개를 내 책가방이나 바지 주머니 속에 넣어주기도 했다. 쩍쩍 갈라진 검지와 엄지에 연고를 바르며 엄마는 아빠에게 그 쓸모없는 인간, 어디서 뒈져버리라지, 하고 말했다.

월미도 놀이공원 관리인이라는 사람이 집에 전화했을 때 엄마는 자고 있었다.

모처럼의 휴일이었다. 엄마는 같은 공장에 다니는 아줌마들과 새벽까지 맥주를 마시고 한낮이 되도록 일어나지 못했다. 나는 그 시간, 학교에서 나팔꽃을 얻으러 다니는 중이었다. 자연관찰 학습 시간에 써야 할 꽃이었는데 준비해온 아이가 많지 않았다. 아이들 대부분이 강아지풀 꽃을 나팔꽃으로 착각해 따왔다. 나도 그중 하나였다.

가까스로 꽃잎 두 개가 찢겨나간 나팔꽃을 하나 얻었을 때

교감선생님이 창백한 얼굴로 교실에 뛰어 들어왔다.

―종수가 누구냐?

나와 윤종수가 동시에 손을 들었다.

―사탕 가게요, 땅딸보요?

옆에 있던 아이들이 까르르 웃었다.

가방과 주머니에 사탕이 꽉 차 있는 내가 사탕 가게, 키가 작고 유난히 통통한 윤종수가 땅딸보였다. 교감선생님은 굳은 얼굴로 김종수, 라고 말했다. 덩달아 심각해진 얼굴의 담임선생님이 나를 일으켰다. 교실이 삽시간에 조용해졌다.

나는 나팔꽃을 손에 쥔 채 선생님들에게 이끌려 병원 영안실로 향했다. 영안실에서 엄마와 만났을 때는 보라색 진물이 손바닥에 배일 정도로 나팔꽃이 엉망으로 으깨져 있었다.

―아으 참, 정말 돌아버리겠네. 글쎄 우리 안전 시설이 허술한 게 아니라니까요? 그건 원래 안전바 같은 게 없는 놀이기구라구요. 붙어 앉아서 이렇게, 이렇게 난간 잡고 버티는 게 재미예요. 아니, 디스코 한 번도 안 타보셨어요?

나는 단박에 그 사람을 알아볼 수 있었다.

남자는 이전과 똑같은 모자를 눌러쓰고 있었다. 검은 티셔츠가 땀에 젖어 겨드랑 아래 맺힌 흰 결정들이 눈에 띄었다.

―그건 원래 내가 맡은 쇼타임이거든요. 아으 참. 돌아버

리겠네. 내가 거기서 점프한 지 오 년이 넘었는데 이런 말도 안 되는 경우는 처음이에요. 아, 그 아저씨가 난데없이 끼어들었다니까요? 아니 뭐, 점프는 아무나 하나? 이거야말로 수백 번, 수천 번 연습해야 한 번 발 떼어볼까 말까 하는 거라구요. 아무나 뛴다고 뛰어지는 게 아니라고.

—그게 왜 내 책임이오? 난 엄연히 피해자예요. 그 아저씨 끼어들어서 쇼 망쳤지, 기구 멈췄지, 피해 막심인 건 나라구. 아으 참. 이거 진짜 돌아버리겠네.

남자는 그 뒤로 아으 참, 돌아버리겠네, 를 열 번쯤 더 토해낸 뒤 돌아갔다.

엄마는 어리둥절해 있었다. 놀라거나 슬프다기보다 그저 멍한 얼굴이었다. 누가 설명해준 건 아니지만 나는 금세 상황을 이해할 수 있었다. 모자 쓴 남자가 점프하는 순간에, 아빠도 덩달아 점프한 게 분명했다.

아빠가 남자와 함께 날아올랐는지 아니면 남자를 밀쳐내고 대신 날아올랐는지는 알 수 없었다. 하지만 아빠는 분명 날아올랐을 것이고, 남자처럼 노련하게 착지하지 못했을 것이다. 어쩌면 타이밍을 맞춰 날아오르는 것조차 못했을지도 모른다. 제대로 날아올랐다면, 남자처럼 디스코 정중앙에 안전하게 착지했다면 영안실로 엄마와 나를 불러들이지도 않았겠지.

빈소는 북적였다.

지난밤 엄마와 함께 맥주를 마신 공장 아줌마들과 월미도 놀이공원 책임자, 경찰과 잡다한 사람들 때문이었다. 사소한 싸움이 자주 일어났다. 싸움 속에 터진 말들로 나는 아빠가 원형 판 밑으로 빨려 들어가듯 떨어져 목과 등골뼈가 부러져 죽었다는 사실을 알았다. 술이 덜 깬 사람들이 거듭 술을 청하며 싸움을 반복했다. 나중에는 보험회사 직원까지 싸움에 합세했다. 보상금과 소송, 책임 같은 단어들이 곡소리 대신 빈소를 떠돌았다.

새벽, 엄마와 나는 아빠 영정 사진 앞에 마주앉았다.

마땅한 사진이 없어 사원증에 붙어 있던 증명사진을 확대한 영정 사진은 흐리고 초점이 맞지 않았다. 왜 한결같이 목이 부러져 죽는지 모르겠다고 엄마가 뒤늦게 한탄했다. 누나 때 그랬던 것처럼 아빠 영정 사진 또한 내가 들었다.

한탄한 덕분인지 엄마는 목이 부러져 죽지 않았다. 썩은 폐 때문에 고생하긴 했지만 그래도 온전히 곧게 잘 붙어 있는 목을 위안 삼는 듯했다. 엄마는 일 년 반을 앓다가 죽었다. 누나와 아빠 때 그랬던 것처럼, 엄마 영정 사진 또한 내가 들었다.

✦

 닥터 팽이 충혈된 눈을 깜박거렸다.

 긴 이야기를 끝낸 뒤라 목이 말랐다. 나는 닥터 팽 손에서 찻잔을 받아 들었다. 찻잔 안은 텅 비어 있었다. 고개를 돌려 바라보자 닥터 팽이 풀린 눈을 황급히 모았다. 하품을 입안으로 삼키는 것이 훤히 보였다. 어처구니가 없었다. 충혈된 눈도 단지 졸다 깨어난 흔적에 불과했다.

 가족 비극사라니, 내가 말하면서도 진부한 면이 없지 않았다. 나는 별로, 스스로 이런 것들을 떠벌릴 생각은 없었다. 먼저 아버지 얘기를 해보자고 부추긴 것은 닥터 팽이었다. 그래놓고 졸고 있다니!

 무시당했다는 불쾌감에 목 안쪽이 뜨거워졌다. 심장이 좀 전보다 훨씬 더 빠르게 뛰고 있는 것 같았다.

 ―가족분들이 전부 일찍 돌아가셨군요.

 ―듣기는 들으셨어요?

 ―물론입니다. 이 정도 훈련이 되면 자다가도 포인트를 잡아 필기할 수 있죠.

 닥터 팽이 정말이라는 듯 두꺼운 노트를 펼쳐 내게 보여주었다. 노트에는 아버지 死-목뼈, 누나 死-목뼈, 어머니 死-

폐, 라고만 적혀 있었다.

　—결국은 전부 죽었단 얘기죠.

　—전부는 아니에요. 동생이 있거든요.

　—동생이 있었습니까?

　—네. 할머니가 강원도로 데려가 키우셨죠.

　—여동생?

　—남동생.

　—앞서 한 번도 등장하지 않았잖습니까.

　—그야 동생에 대해 얘기하라곤 안 했잖아요.

　—동생도 목이 부러져 죽었습니까?

　—아직 안 죽었다니까요.

닥터 팽이 더 이상 참지 못하고 입을 크게 벌려 하품했다. 입 속으로 부자연스러울 정도로 새빨간 혀가 들여다보였다. 지금 막 페인트 통에 집어넣었다 뺀 것처럼 섬뜩한 색이었다.

　—오늘은 여기까지 하죠. 제가 요즘 통 잠을 못 자서 말입니다.

나는 자리에서 벌떡 일어났다. 모욕당했다는 기분이 들었다. 남을 실컷 떠들게 만들어놓고는 바보 취급하다니. 화난 몸짓으로 겉옷을 찾아 쥐는데도 닥터 팽은 눈 하나 깜짝하지 않았다. 도리어 느릿느릿 몸을 일으키더니 책상 아래 바닥에 그대로 누웠다.

─다음 상담 같은 건 필요 없어요.

닥터 팽이 길게 누운 채 왼다리를 꼬았다. 끝이 뾰족한 구두를 그대로 신은 채였다.

─그런데 말입니다아.

닥터 팽이 장난치듯 말끝을 길게 늘여 나를 불렀다.

─아버지가 돌아가신 게 몇 월이죠?

─그건 왜 물어요?

─궁금하니까. 기억, 안 납니까?

─나요. 십일월이에요.

─십일월? 십일월에도 현장학습을 갑니까?

─시월쯤이었던 것도 같네요.

─누나가 죽은 건?

─…… 오월.

─오월? 확실합니까?

─아니, 칠월이에요. 골목길에서 춤추던 게 오월이었죠.

─흐음. 그렇습니까?

닥터 팽이 묘한 소리를 내며 코웃음 쳤다.

─알았습니다. 그만 가보세요.

나는 잔뜩 화가 난 채 방에서 나왔다. 다시는 저 방에 들어가지 않으리라. 몇 번이나 결심한 뒤 약국에 들러 비타민 씨와 멸균 밴드를 샀다. 어느 틈인지 못으로 찔린 것 같은 붉은 홈들이 손바닥 가득 패어 있었다.

우연입니까, 닥터

닥터 팽과는 처음부터 악연이었다.

돌이켜보면 닥터 팽과 나는 부자연스러울 정도로 자주 부딪쳤다. 초기의 닥터 팽은 잡상인이었다. 지하철만 타면 그와 만날 수 있었는데 그때마다 팔고 있는 물건들이 좀 기묘했다. 지하철에서 팔 만한 혹은 팔릴 만한 것들이라곤 도저히 생각하기 힘들었다.

세계전도와 반딧불이 유충 세트, 열기구 모양을 본뜬 일 미터 크기의 헬륨 풍선과 인형 탈 등등 하나같이 들고 다니기 불편하고 팔기도 힘든 것들. 더욱 이상한 건 닥터 팽의 그 기묘한 물건들이, 반드시 내가 있는 칸에서 완판된다는 점이었다.

닥터 팽은 옥수수를 들고 그랬던 것처럼 매번 마지막 물건을 내게 강매하려 들었다.

나는 객실 바닥을 완전히 뒤덮는 크기의 세계전도와 납작한 바위가 들어 있는 형광연두색 어항, 솜을 채운 이빨이 듬성듬성 돋아 있는 공룡 탈을 누구보다 오래 들여다보아야 했다. 물론 어느 것 하나 사진 않았지만 닥터 팽이 그런 잡물들을 들고 나를 뒤쫓는다는 것 자체가 고역이었다.

이른바 억울한 사건으로 직장을 그만둔 뒤, 지하철 탈 일이 없어진 나는 이제 닥터 팽에게서도 벗어난 줄 알았다. 닥터 팽의 이름을 아직 몰랐기 때문에 '털보 잡상인'이라고 혼자 부를 때였다. 적어도 털보 잡상인에게 쫓겨 다닐 일은 이제 없는 거야.

그 생각을 비웃기라도 하듯 그가 다시 내 앞에 나타났다. 이번에는 잡상인보다 훨씬 권위적이고 그럴듯한 닥터, 라는 이름을 달고서.

닥터 팽은 법원에서 내게 지정해준 정신과 상담의였다.

나는 본래 법원이나 검찰, 구치소 같은 곳과는 거리가 먼 사람이었다. 세금 문제를 일으킨 적도 없고 어릴 때 그 흔한 비행 한 번 해본 적 없었다. 경찰서에 갔던 건 태어나서 딱 한 번, 오토바이 날치기가 은행 앞에서 내 가방을 낚아챘을 때

뿐이었다. 조서를 쓰는 시간은 십 분 남짓이었다. 그사이 다른 곳에서 날치기를 하던 용의자가 잡혀 들어왔다. 고작 열다섯 살 먹은 남자애 둘로, 별 처벌 없이 일은 흐지부지되었다. 나도 가방을 돌려받은 뒤 바로 귀가했다.

그런 내가 검찰청이니 유치장이니 들락거리게 된 건 두 달 전 사건 때문이었다.

앞서도 잠깐 얘기했지만, '억울하다' 외에는 도무지 설명할 길이 없는 그 사건. 그 사건만 아니었다면 나는 저 뻔뻔스럽고 여러모로 부주의해 보이는 미친 의사에게 내 정신상태를 의뢰하지는 않았을 것이다. 더불어 매주 네 시간씩, 한 달에 열여섯 시간이나 이렇게 고문당하는 기분으로 상담 시간을 채울 필요도 없었을 것이다.

닥터 팽이 활짝 열어놓은 문 안에서 나를 향해 히죽 웃었다.
―어서 들어와요.

나는 주머니에서 비타민 씨를 꺼내 우둑우둑 깨물어 먹었다.

벌써 다섯 개째였다. 많이 먹어봐야 소변이 노래지는 것 외에 별 탈이야 없겠지만 까진 입천장과 혀 안쪽이 쓰리고 아팠다. 닥터 팽은 상담 시간에 맞춰 방문을 활짝 열어놓았다. 어쩐 일인지 소파침대도 다시 방 가운데 돌아와 있었다. 내 의아한 시선을 눈치챈 닥터 팽이 소파침대를 탁탁 치며 더욱 힘주어 웃었다.

―여자들 변덕이란 참 재밌죠. 오늘 있던 게 내일도 있으란 법이 없는 것처럼 어제 없었던 게 꼭 오늘도 없으란 법은 없는 겁니다. 뭐, 그 원동력이 되는 건 변덕이지만.

―간호사가 다시 주문했나요?

―그런 셈이죠.

―전 그 간호사라는 사람을 한 번도 본 적이 없는데요.

―다들 바쁘게 살고 있으니까요.

―설마 그 간호사가 검은 홈드레스를 입고 있다거나 하는 건 아니겠죠?

나는 닥터 팽이 그 변덕스러운 간호사가 아닐까 하는 의심을 담아 물었다. 닥터 팽은 대꾸할 가치도 없다는 듯 나를 무시했다.

―요즘 공룡 탈은 안 파세요?

―그런 건 부업이라서요. 지금처럼 주업이 빡빡할 땐 쉽니다.

닥터 팽이 묘한 얼굴로 손가락을 뻗었다.

나는 그제야 상담실 구석에 번듯하게 붙어 있는 공룡 탈을 발견할 수 있었다. 지금까지 왜 알아채지 못했을까 의아해질 정도로 분명한 존재감이었다. 공룡 탈은 자기가 마치 순록 머리라도 되는 양 고급스러운 나무판에 박힌 채 듬성듬성 돋은 솜 이빨을 내보이며 벽에 걸려 있었다.

―어서 앉아요. 오늘은 할 일이 많습니다.

소파침대에 눕느라 다리를 올리려는데 머리가 핑 돌았다. 아주 아득하고 울림이 깊은 어지러움이었다. 뜨거운 모래언덕에 파묻힌 것처럼 턱 아래가 후끈거리고 코가 막혀왔다. 나는 목을 부여잡고 컥컥거렸다. 컥컥거릴 때마다 뜨거운 모래가 한 줌씩 쏟아져 나오는 것 같았다. 눈앞에서 무수한 빛 무리가 플래시처럼 퍽퍽 터지며 돌기 시작했다. 닥터 팽의 얼굴이 덩달아 퍽퍽 터지며 빛무리를 따라 돌았다.

―정수연이라고, 알고 있죠?

―정수연……?

―마지막으로 만난 건 언젭니까?

―몰라요.

―잘 기억해봐요.

―모르겠어요.

―잘 기억해봐요. 반드시 기억해내야 합니다.

―…… 왜 수연일?

―정수연이 없어졌어요. 실종된 지 벌써 사흘이 지났습니다.

✦

정수연은 물론 잘 알고 있다. 두 달 전, 나를 구렁텅이로 밀어 넣은 장본인이니까.

두 달 전까지만 해도 나는 사립여고 세계사선생을 하고 있었다. 어릴 때부터 교사가 꿈이었다든가 하는 낭만적 이유로 교사가 된 것은 아니었다. 대학을 졸업하기 전 남들처럼 시작한 취업 활동 중 하나에 불과했다.

동기들 중 상당수가 공무원시험 준비를 위해 휴학했다. 나는 그나마 전공을 살려 취직한 쪽에 속했다. 임용고시 같은 건 애초부터 볼 생각이 없었다. 내 인생에 입시라면 이미 진절머리 날 만큼 충분히 치른 상태였다. 이런저런 인맥을 사용해 사립여고 세계사선생이 되기까지는 일 년도 채 걸리지 않았다.

여고는 고작 십이 회분의 졸업생을 배출한 신생 학교였다. 역사니 전통이니 하는 것은 물론 부지조차 충분치 않았다. 거대한 아파트 단지에 둘러싸인 학교는 학교라기보다 동사무소나 마을회관처럼 보였다. 때문에 체육대회나 체력장도 조심조심, 백 미터 달리기를 할 때는 깃발을 휘둘러 출발을 알렸다. 학교 방송이 조금이라도 길게 이어질라치면 아파트에서 득달같이 항의가 들어왔다.

그런 점만 제외하면 학교는 조용하고 깨끗했다. 나는 그 학교가 꽤 마음에 들었다. 무엇보다 세계사 수업이 거의 없다는 점이 가장 마음에 들었다.

세계사를 수험 과목으로 선택한 아이는 이학년에 열한 명, 삼학년에 세 명뿐이었다. 이, 삼학년 수업을 나 혼자 담당하고 있었지만 어려울 것이 없었다. 각반 수업은 고작 일주일에 한 번, 그나마도 정치경제 수업과 바꿔주는 경우가 비일비재했다.

내가 수업을 하는 동안 선택과목을 세계사로 정한 열네 명의 아이들 외에는 엎드려 자거나 다른 문제집을 풀어도 무방했다. 세계사를 선택한 아이가 하나도 없는 반에서는 교내 시험에 나올 문제들을 찍어준 뒤 자습을 시켰다. 아이들은 항상 수험 준비로 곤했고 비잔틴이라든가 지중해 교역권에 대해 논할 만큼 한가롭지 않았다. 아이들이 선택하지 않은 세계사란 그저 빡빡한 시간표 속에서 숨 쉴 틈을 내기 위한 핑곗거리에 불과했다.

느긋한 일정도 부담 없는 수업도 그럭저럭 괜찮았다.

주요과목 선생들보다 잡스러운 일을 많이 해야 했지만 그것은 굳이 선택과목 선생이 아니더라도 신참이 으레 치러내야 할 통과의례 같은 것이었다. 나는 학교생활에 만족하고 있었다. 아이들도 세계사 수업에 크게 불만을 품는 것 같지는 않았다.

문제는 두 달 전이었다.

학교에서는 대대적으로 중간고사가 치러지고 있었다.

2학기 중간고사는 제법 의미가 컸다. 아이들은 더 이상 '새 학년에 올라와 아직 적응이 덜 되었다' 같은 핑계를 댈 수 없었다. 수험생에게 지금 당장 중요한 건 내신이었다. 내신은 대학을 가기 위해 걸어두는 보험과도 같았다. 그러나 그것은 의료보험이나 자동차보험이 아닌 생명보험이었다. 아이들은 내신에 필사적으로 매달렸다.

교실에 찬바람이 쌩쌩 불었다. 아이들은 각기 멀찍이 떨어진 책상에 앉아 소리 없이 시험 문제를 풀었다. 교실 안에 순식간에 마흔 두 개의 무인도가 생겨나고 있었다.

나는 그 섬들 사이를 유유히 걸어 다녔다.

시험지에 코를 박은 아이들 정수리를 보며 나는 괜한 우월감에 젖어 있었다. 내게는 모두 끝난 일이지만 이들에게는 이제 시작에 불과했다. 대입이라는 문턱만 넘으면 행복해질 거라 믿는 아이들의 검은 머리칼과 두꺼운 안경알을 나는 비웃고 있었다.

한 아이가 소매 밑에서 얇은 종이쪽지를 꺼낸 것은 내가 서른다섯번째 무인도에서 서른여섯번째 무인도로 막 옮겨가려던 찰나였다.

마흔한번째 무인도. 정수연.

학생 정보에 어두운 나조차도 익히 알고 있는 얼굴이었다. S대 추천 입학을 노리는 아이들 얼굴은 모르고 있는 게 더 힘들었다. 소수 정예로 꾸려진 그 특수부대는 교무주임과 교감과 각각의 담임선생과 부모를 등에 업고 있었다. 특별 관리를 부탁한다는 지령이 몇 번씩 내려왔는데 그 특별 관리라는 것은 이른바 '눈감아주기'와 일맥상통했다.

정수연에게는 점심시간 임의 외출이 허용된다. 체육 실기 시간과 HR 시간의 부재도 허용, 청소나 환경미화 같은 잡다한 일거리에서 제외되는 것도 허용. 눈감아주기와 허용의 대가로 그녀가 제출하는 것은 전국구 단위의 성적표였다.

정수연은 특수부대의 가장 아슬아슬한 경계선에 배치되

어 있었다. 교무실에 불려와 성적을 추궁당하는 일이 가장 잦았다. 들쑥날쑥 일관성 없는 점수가 가장 큰 이유였다. 어느 날은 수도권 대학 입학도 어려울 만큼 형편없는 점수를 받았다가 또 어느 날은 당장이라도 신문 일면을 장식할 만한 점수를 받기도 했다.

정수연은 뒷문과 붙어 있는 마지막 줄에 앉아 있었다.

반듯하게 자른 단발머리가 자그마한 얼굴에 잘 어울렸다. 목이 짧아 어깨를 움츠리고 있는 듯한 인상이었지만 눈꺼풀이 도톰하면서도 커다란 눈이라든가 튀어나온 입술이 언뜻언뜻 시선을 잡았다. 키가 작은 탓에 사이즈가 안 맞는 책상이 가슴까지 올라와 있었다.

부지런히 구르고 있는 정수연의 눈은 내 쪽을 향해서는 한 번도 움직이지 않았다. 애초부터 나는 경계 대상에서 제외된 듯했다. 정수연이 경계하고 있는 것은 주변 아이들이었다. 옆 아이가 굳은 목 때문에 잠깐 고개를 들자 당황하는 기색이 역력했다. 그러면서도 종이쪽지 위 글자들을 시험지에 옮겨 적는 걸 멈추지 않았다. 왼손을 펴 종이쪽지를 덮은 채 벌린 손가락 틈으로 글자를 확인했다.

나는 조용히 정수연에게 다가갔다.

—이리 내, 그 종

이, 라고 말하기도 전 정수연이 종이쪽지를 입안으로 밀어 넣었다. 누구도 우리를 돌아보기 전이었다.

나와 정수연은 잠시 실랑이를 벌였다. 그러나 여고생 입안에 손가락을 쑤셔 넣고 종이를 꺼내는 것만은 아무래도 망설여졌다. 정수연은 소리 소리치는 나를 모르는 척, 입을 꾹 다물고 조금씩 종이를 씹어 삼켰다. 영문 모르는 반 아이들이 나와 정수연의 대립을 구경하고 있었다.

나는 정수연의 답안지를 빼앗아 북북 찢었다.

─새 답안지 주세요.

정수연 목이 잠깐 쿨렁인다 싶더니 또렷한 목소리가 흘러나왔다. 동요하기는커녕 어이없다는 기색이 역력한 얼굴이었다.

─시험 시간 십 분밖에 안 남았어요. 답안지 주세요.

─못 줘.

─왜요?

─왜냐니, 너 지금 커닝했잖아?

교실 안이 잠시 술렁였다.

─제가 언제 커닝을 했다고 그러세요? 그런 적 없어요. 빨리 주세요.

─답안 작성할 필요 없어. 부정행위 적발 시에는 영점 처

리라는 거 알고 있지?

—말도 안 돼. 그런 억지가 어딨어요? 답안지 주세요, 빨리요!

나는 일순 당황했다. 정수연이 잔뜩 독 오른 얼굴로 나를 노려보고 있었다. 내가 알고 있던, 알고 있다고 생각했던 정수연은 이런 막무가내가 아니었다. 선생들 앞에 순한 짐승처럼 움츠러든 어깨로 앉아 있던 정수연에게 이런 악착같고 뻔뻔스러운 면이 있는 줄은 미처 몰랐다.

나는 정수연이 눈물을 쏟으며 책상에 푹 엎드린다든지 한번만 봐달라고 싹싹 빈다든지 하는 모습을 상상하고 있었다. 만약 그렇다면 그 부푼 입술과 젖은 눈을 어떻게 바라봐야 하나 잠깐이나마 고민했던 것도 사실이었다.

화가 솟구친 나는 정수연의 시험지까지 빼앗아 박박 찢어 버렸다. 정수연이 비명을 지르며 내게 달려들었다. 손톱에 뜯긴 팔뚝이 금세 시뻘겋게 부어올랐다.

—너, 후회할 거야!

정수연이 고래고래 악을 쓰기 시작했다.

—반드시 후회하게 만들어줄 거야!

교무실로 돌아온 나는 한참 동안 분을 삭이지 못했다. 이렇게까지 화가 난 것은 정말 오랜만의 일이었다. 나는 사람들 사이에 묻혀 무던히 살아가고 있었다. 이렇게 힘껏 감정을 내뿜을 만한 일은 만들지도, 가까이 하지도 않았다.

정수연은 담임선생에게 인계되었다.

다른 시험 감독을 위해 복도를 지나가다 확인해보니 정수연은 아무 일 없었다는 듯 제자리에 앉아 교과서를 넘기고 있었다. 일단 중간고사가 모두 끝난 뒤 처벌할 모양이라고, 나는 그렇게 생각했다.

후회할 거야, 라고 소리쳤던 정수연이 그 말을 현실로 만드는 데는 이틀도 걸리지 않았다. 중간고사 마지막 날, 정수연과 나는 나란히 교장실로 불려갔다.

교장실 긴 테이블 끝에 교장과 교감, 학년 과장과 교무주임, 정수연의 담임선생과 낯모를 중년여자 하나가 앉아 있었다. 중년여자는 정수연의 엄마인 게 틀림없었다.

나는 정수연의 부정행위와 적발 당시 상황에 대해 증언했다. 내 설명은 간결하고 명확했다. 말을 하다 보니 부글부글 끓고 있던 마음이 저절로 차분해지는 듯했다.

내가 의자에 앉자 반대편에 앉아 있던 정수연이 반동처럼 발딱 일어났다. 일이 이렇게 커졌으니 담임도 정수연을 감싸주는 건 불가능하겠지. 정수연의 입에서 나올 사죄와 반성의 말들을 상상하며 나는 조금 웃었다.

그러나 정수연 입에서 나온 말은 전혀 다른 종류의 것이었다.

―선생님이 성관계를 요구했어요.

정수연은 거두절미하고 그 말부터 내뱉었다.

―여름방학 때 홍대 앞 놀이터에서 선생님과 우연히 마주친 적이 있어요.

―김종수 선생님과?

―네. 그 후부터 이상하게 친한 척을 하더니 방학이 끝난 뒤엔 집요하게 따라다니기 시작했어요. 제가 피해 다니니까 반 애들도 다 보는 데서 복도로 불러내 끌고 간 적도 있어요. 애들한테 물어보세요.

그런 일은 꼭 한 번 있었다. 하지만 정수연이 말하려는 것처럼 불순한 의도가 아니었다. 내가 담당하고 있는 잡일 중 하나로 가정환경조사서 집계가 있었는데, 유독 정수연의 조사서가 누락되었다. 나는 교실로 정수연을 찾아갔다. 보고해야 하는 날짜가 촉박해 정수연에게 교무실로 가 직접 조사서를 작성해달라고 말했고, 정수연은 대수롭지 않게 수락했다.

정수연을 불러낸 일이라면 그 일이 틀림없었다.

─저를 교무실까지 끌고 갔어요.

─아니, 그건…….

─교무실에서는 다짜고짜 치마 속에 손을 넣었어요. 싫다고 하니까 배를 때렸어요. 제가 체육 시간에 운동장에 안 나가고 교실에서 공부한다는 걸 알고 있으니까 빈 교실로 찾아와 강간하려고 했던 적도 있어요. 상담실로 끌려간 적도 있고.

말도 안 되는 소리였다.

정수연은 고작 커닝한 사실을 숨기기 위해 얼토당토않은 사건을 날조해내고 있었다. 내 자리는 교무실 바로 문 앞이다. 학생 치마 속에 손을 넣었다가는 교무실에 들락거리는 모든 사람들 눈에 뜨일 게 뻔했다. 게다가 빈 교실에서 강간이라니, 난 결단코 그런 야비한 짓은 하지 않았다.

─제가 다른 사람들에게 알리겠다고 했더니 선생님이 협박했어요. 입도 뻥긋 못하게 목 졸라 죽여버리겠다고. 토할 때까지 배를 때리고 밟기도 했어요. 저는 무서워서…….

─전 절대 그런 적 없습니다!

─선생님이, 중간고사를 전부 영점 처리 해버리겠다고, 자기는 충분히 그럴 수 있다고 말했어요. 계속 거부하면 중간고사도 기말고사도 전부 영점으로 만들어서 대학도 못 가

게 만들어주겠다고.

―말도 안 되는 소립니다!

―그러더니 시험 시간에 갑자기 제 답안지를 빼앗아가 찢어버렸어요. 부정행위라니, 전 그런 거 안 해요. 제 성적이 어떤지는 저보다 선생님들이 더 잘 아시잖아요. 우리 반에 저보다 성적 좋은 애는 없어요. 선생님이 저한테 복수하는 거예요. 저 정말, 무서워서 학교 못 다니겠어요. 너무 억울해요. 무서워요.

억울하고 무서운 건 나였다.

말을 모두 끝낸 다음 타이밍 좋게 울음을 터뜨리는 정수연을 담임선생이 얼른 밖으로 데리고 나갔다. 나를 돌아보는 사람들 얼굴이 혐오와 경멸로 딱딱하게 굳어 있었다.

―말도 안 됩니다. 성관계라니, 전 그런 적 없습니다. 복수는 무슨, 이건 그냥 정수연이 커닝한 걸 덮으려고 꾸며낸 얘기라고요.

―고작 커닝한 것 때문에 강간당했다는 말을 꾸며낸다는 겁니까? 저렇게 품행 방정한 여학생이?

―아니, 그게 아니라…….

―수연이 성적 좋은 거야 모르는 사람이 없지요.

―저 파렴치한 놈이 감히 내 딸을!

정수연 엄마의 파들파들 떨리는 목소리가 내가 얼마나 궁지에 몰렸는지를 말해주는 것 같았다. 지, 진짜 아닙니다. 당황한 나머지 나는 심하게 말을 더듬었다.

─저, 정말 그런 적 없습니다. 커, 커닝은 다른 애 걸 본 게 아니라 저, 소매, 소매에서 커닝페이퍼를 꺼내서

─그 커닝페이퍼는 어디 있습니까?

─예?

─당시 옆에 앉았던 학생에게 확인해봤는데 그런 건 못 봤다고 하던데요. 학생들이 본 건 김종수 선생이 갑자기 정수연 답안지를 빼앗아 찢어버렸다는 것뿐입니다.

─커닝페이퍼는 머, 먹어버렸어요.

─하!

짧은 탄성이 터졌다. 험악하게 일그러진 얼굴에서 튀어나온 탄성이 화살촉처럼 빠르고 냉정하게 나를 파고들었다. 등에서 식은땀이 흘렀다. 교감이 콧등으로 흘러내린 안경을 바짝 추어올렸다.

─저, 정말입니다. 정수연이 얼른 입에 집어넣고

─그걸 누가 봤습니까?

─그, 그게

─선생의 행동이 정황을 충분히 파악한 뒤 실행한 공정

한 행동이라는 걸 증명해줄 만한 게 도대체 뭐가 있냐는 겁니다.

―그, 그렇다면 제가 강간했다는 증거는 어딨습니까!

―하!

동시에 터져 나온 탄성에 나는 비로소 내 실수를 깨달았다. 나는 전형적인 범인, 그러니까 자신이 범한 행위로 불리한 입장에 몰린 범인이 오리발을 내밀 때 하는 유치한 발언을 그대로 답습하고 있었던 것이다. 그건 내가 스스로 죄를 시인하는 것과 같은 말이었다.

―아니 제 말은 그게 아니라, 그게, 전 진짜 안 했습니다!

정수연의 엄마가 자리에서 벌떡 일어났다.

―고소하겠어요!

교장이 황급히 만류하는 게 보였다. 정수연의 엄마는 힘찬 걸음으로 교장실을 빠져나가며 소리쳤다.

―고소하겠어, 내가 반드시 저 인간말종 새끼한테 콩밥 먹이고 말 테니까!

정수연은 꼬박꼬박 학교에 나왔다.

교육청에 진정서를 넣느니 경찰에 신고를 하느니 떠들어대던 정수연의 엄마는 교장이 어떻게 구워삶았는지 잠잠해졌다. 커닝으로 영점 처리 됐던 과목은 재시험을 보게 해주기로 한 모양이었다. 교무회의에서는 일단 두 사건을 불문에 붙이기로 합의했다. 양쪽 다 증거가 전혀 없다는 게 이유였다.

─적당히 좀 하지 그랬나.

교무실 맞은편에 앉은 수학선생이 대놓고 면박을 줬다.

─이게 뭐 진짜 수능도 아닌데 그렇게 난리 피워 감독할 거 뭐 있어. 애들이 시험 잘 봐서 학교 내신 올라가면 그게 좋은 거지, 사람이 융통성이라곤 개미 눈곱만큼도 없어서 말이야. 이게 다 제 살 깎아먹는 짓이지 뭐냔 말이야.

─저는 단지 규정대로…….

─김 선생, 그 답안 빵점되면 걔 내신이 어떻게 되는지 알아? 정수연이 걔, S대 입학이 코앞이야. 앞길 창창한 애 그렇게 망쳐놓으면, 그 뒤는 김 선생이 책임질 거야?

─부정행위 적발 시에는 영점 처리하라고 규정에 명확히 나와 있지 않습니까.

─허, 사람 참. 우리가 피땀 흘려 내신 올려놓으면 뭘 하나. 저런 철딱서니 없는 뜨내기가 죄다 날려먹는걸.

수학선생은 그 후로 다시는 내게 말을 걸지 않았다.

수학선생뿐 아니라 교무실 모든 선생들이 그랬다. 내 수업 시간에 으레 엎드려 자던 아이들이 일제히 머리를 들고 나를 쏘아보았다. 내가 가는 곳마다 비난의 눈길이 쏟아졌다. 그래도 나는 당당할 수 있었다. 잘못한 건 내가 아닌 정수연이었다. 나는 단지 학교 규정대로 행하고자 했던 것뿐이었다. 괜히 일을 번거롭게 만들었다는 인식은 있을지언정 잘못했다는 생각은 요만큼도 들지 않았다.

그러나 인터넷은 달랐다.

인터넷에 글을 올린 건 정수연이 아니었다. 그렇다고 정수연과 절친한 급우도 아니었다. 자기 블로그나 홈페이지를 이슈화 시키려는 누군가의 장난 섞인 소행일지도 몰랐다.
주랑여고 교사 성추행 사건의 전말, 이란 제목의 긴 글 끝에는 내 사진과 전화번호, 주민등록번호와 주소가 모조리 적혀 있었다. 학교에 갓 들어왔을 때 찍은 사진인지 짧은 머리의 내가 활짝 웃고 있었다. 그 웃고 있는 얼굴이 얼마나 한심스러운지, 그 밑에는 지진아 같다느니 정신병자 변태 같다느니 하는 악플이 수백 개씩 달렸다.
글에 대한 반향은 악플로만 끝나지 않았다.
기자들이 학교로 찾아오고 교육청에서 감사가 내려왔다.

경찰이 수사를 시작하면서부터는 나도 정수연도 학교에 나갈 수 없었다. 하루가 다르게 상황이 급변했다. 경찰 조사를 받고 나오다 계란이나 휴지 뭉치에 얻어맞는 건 약과였다. 보다 과격한 악플러들이 나를 찾아오기 시작한 것이다.

학교, 경찰서, 집 모든 곳에 그들이 있었다. 끊임없는 욕설과 협박 전화가 나를 괴롭혔다. 거실에 앉아 있으면 집 안으로 쓰레기와 돌이 날아들고 밖에 나가면 물벼락이 쏟아졌다.

나는 작은방이 두 개 딸린 낡은 단층집―그러니까 목이 부러져 죽은 누나와 아빠, 폐가 썩어 죽은 엄마와 함께 살았던 그 집―에 혼자 살고 있었는데, 밤마다 유리창이 깨지고 음식물 찌꺼기가 담긴 봉지가 집 안으로 날아들었다.

집 안은 썩은 내와 오물로 엉망이었다. 불붙인 화염병이 날아들어 이불장을 몽땅 태워버렸을 때에야 나는 비로소 부동산을 찾아갔다. 헐값에 내놓아도 집을 사려는 사람이 아무도 없었다. 집을 보러 오는 사람조차 없었다. 가까스로 누가 온다고 해도 담벼락을 도배한 욕설과 못으로 긁은 현관, 새까맣게 그을린 방을 보고는 황급히 도망쳤다.

생활이란 건 이미 불가능했다. 나는 그들이 원하는 대로 경찰서와 교육청, 재판장을 돌아다녔다. 급기야는 정수연네 집에 찾아가 무릎을 꿇고 빌기도 했다.

징역 10월에 집행유예 2년, 손해배상금 및 위자료, 정신과 상담 구십육 시간 등 내가 받은 처벌은 다양했다. 사회봉사 활동 백 시간도 옵션으로 붙어 있었다. 학교는 결국 그만두었다. 사표와 배상금을 내고 정신과 상담을 받으며 사회봉사를 한다고 해서 네티즌들의 사냥까지 끝난 건 아니었다. 그들은 그림자처럼 내 주위를 떠돌았다. 오랜만에 사냥을 나선 짐승들 특유의 사나움과 집요함이 그들에게 남아 있었다.

집을 나와 여관방에서 살고 있던 나는 어느 날 소방서의 연락을 받았다. 내 집이 전소되었다는 연락이었다. 누군가가 깨진 유리창 틈으로 끊임없이 던져 넣은 담뱃불이 원인이라고 했다.

✦

―정수연을 만난 적이 있어요.

나는 찜통에 눌린 것처럼 뜨거운 눈꺼풀을 힘겹게 들어 올렸다.

어느 틈인지 닥터 팽이 아라비아 사람처럼 둥글고 커다란 터번을 머리에 두르고 있었다. 가만히 들여다보니 그것은 터번이 아니라 거대한 크기의 기저귀였다. 두툼한 껍데기에 분

홍색과 하늘색으로 코끼리 그림이 그려져 있었다.

─그게 언제죠?

─잘 기억은 안 나지만 별로 오래되진 않았어요.

─약속을 하고 만난 건가요?

닥터 팽은 더없이 진지한 얼굴로 기저귀를 머리에 뒤집어쓴 채 나를 쳐다봤다. 검게 그을린 얼굴과 비로소 자유를 얻은 듯 사방으로 뻗은 수염을 나는 체념 속에 바라보았다. 어째서 기저귀인가, 같은 것은 이제 중요하지 않았다.

나는 여전히 목이 따갑고 입안이 마른 상태로, 어지러운 환각과 퍽퍽 터지는 빛무리 속에 홀로 남겨져 있었다.

─약속을 했다기보다 내가 찾아갔어요.

─찾아갔다? 왜?

─어떻게 살고 있는지 궁금했거든요. 고작 두 달 사이에 나는 모든 걸 잃었는데 정수연은 어떨까 궁금했어요.

─그래서 어떻던가요?

─잘 지내더군요.

─잘?

─아주 잘.

─기분이 어땠습니까?

─기분은 뭐랄까. 후회가 됐어요. 정수연이 한 말이 맞았

던 거예요. 죽을 만큼 후회스러웠어요. 다른 선생들이 그랬던 것처럼 눈감아줄걸. 아무도 모르게 그냥 주의만 주고 말걸. 온갖 생각이 다 들더군요. 정수연이 백 점을 맞든 빵점을 맞든 사실 나와는 아무 상관없는 일이잖아요?

닥터 팽이 내 주머니를 뒤져 비타민 씨가 담긴 동그란 통을 꺼내줬다. 나는 고개를 저었다. 나는 벌써 너무 많은 비타민을 먹었다. 비타민 과다섭취로 인한 병이 있다면 그건 틀림없이 어지럼증과 빛무리를 동반한 환각일 것이다.

닥터 팽이 안타깝다는 듯 고개를 끄덕이고는 비타민 씨를 자신의 입안에 몽땅 털어 부었다. 우둑우둑 씹는 소리가 천둥처럼 울렸다. 귀가 다 얼얼할 정도로 큰 소리였다. 불현듯 콧물이 흘러내려 나는 코밑을 훔쳤다. 녹슨 철 냄새 같은 것이 손등에 길게 번졌다.

─복수하고 싶다는 생각은 없었습니까?

─복수?

─그래요. 김종수 씨는 이 일 때문에 직장도 집도 인간관계도 전부 잃었잖아요? 그런데 정수연은 잘 살고 있다니, 억울하다 복수하고 싶다, 그런 생각을 했던 건 아닙니까?

─날더러 성추행 혐의에다 살인죄까지 뒤집어쓰란 얘기예요? 그럼 정말 평생 감옥에서 썩게 될 텐데?

―정수연을 죽일 작정이었습니까?

―말이 그렇다는 거예요.

―그것 참 이상하군요. 김종수 씨 말대로라면 이 일로 억울하게 고통 당한 건 김종수 씨 하납니다. 적당히 함께 처벌을 받았다면 이렇게 억울해하지 않았겠지요. 그러나 정수연은 커닝 혐의가 없어진 데다 완벽한 피해자의 모습을 하고 재시험까지 치렀습니다. 손해라고는 요만큼도 입지 않았죠. 학교생활도 무리 없이 하고 있을 겁니다. 그런데도 복수할 마음이 전혀 들지 않았다는 겁니까? 일부러 어떻게 사는지 확인까지 하러 갔으면서?

나는 정수연의 모습을 떠올렸다.

꼭 사흘 전 일이었다. 정수연은 학원에서 친구들과 몰려나오는 중이었다. 이전에는 혼자 다니는 일이 많았는데 이번 일을 겪으면서 아이러니하게도 친구가 늘어나 있었다. 단발머리가 여전히 잘 어울리는 얼굴이었다. 짧은 목이나 두툼한 눈꺼풀도 여전했다. 다만 움츠리고 있는 것 같던 어깨가 당당하게 펴지고 표정이 다양해져 있었다. 그러니까 정수연은, 신나게 웃어젖히고 있는 중이었다.

말간 이가 드러날 정도로 입이 커다랗게 벌어졌다. 조금 창백하다고 생각되던 얼굴도 말쑥하고 건강해 보였다. 반짝

반짝, 소리가 나고 있다고 생각될 정도였다.

—정수연이 어디로 사라졌는지, 짐작 가는 곳 없습니까?

닥터 팽이 커다란 코를 내 얼굴에 바짝 들이댔다. 솟아오른 수염이 내 턱을 찌를 만큼 가까운 거리였다. 닥터 팽 머리 위 기저귀가 노랗게 변해가고 있었다.

나는 닥터 팽의 얼굴이 뱅글뱅글 기묘한 모양으로 일그러지는 것과 노란색 기저귀가 당장이라도 터질 것처럼 부풀어 오르는 걸 보면서 정신을 잃었다. 단발머리를 한 노란색 딱정벌레가 머릿속을 바스락바스락 기어 다니기 시작했다.

닥터 팽이나 다른 사람에게 굳이 확인해보지 않더라도, 정수연 실종 사건의 가장 유력한 용의자는 다름 아닌 나였다.

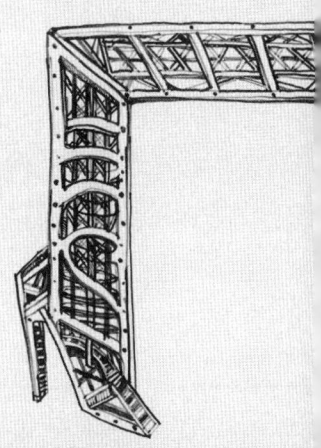

환각입니다

왜 하필 닥터 팽이냐고 물어본 적이 있었다.

세번째인가 네번째 상담에서였을 것이다. 닥터 팽은 장례식장에서 갓 돌아온 것 같은 검은 양복 차림이었다. 자주색 실로 스티치가 들어간 검은 넥타이가 눈에 띄었다. 나는 노타이에 와이셔츠, 회색 카디건을 입고 있었다. 카디건에 와이셔츠를 받쳐 입은 건 단정해 보이기 위해서가 아니라 학교에 다니는 동안 계속 양복만 입었기 때문에 외출복으로 입을 만한 옷이 없어서였다.

닥터 팽은 책상 위에 기차 모양 연필깎이와 열두 자루의 연필을 늘어놓았다. 기차가 덜덜덜덜 진동하며 연필을 깎았다.

―왜 하필 닥터 팽이죠?

닥터 팽이 여섯번째 연필을 기차 앞 유리창에 꽂았다.

―김종수 씨가 이름을 물었을 때 말입니다, 떠오른 글자가 팡펑팽퐁이었거든요.

―네?

―닥터 퐁보다는 닥터 팽이 낫지 않습니까?

기차 진동과 함께 책상이 미세하게 흔들렸다. 남은 열한 자루의 연필들이 책상 위를 달각달각 굴러다녔다.

닥터팡, 닥터펑, 닥터팽, 닥터퐁. 나는 차례로 이름들을 발음해본 뒤에야 고개를 끄덕였다. 다른 이름들은 의사라기보다 화장실 변기 세정제 같은 느낌이 들었던 것이다.

―상담은, 받을 만합니까?

―별로요.

―그런 것치고는 꼬박꼬박 나오시네요.

이왕 이렇게 된 거 빨리 끝내버리자, 라는 마음도 없지 않았다.

이깟 상담이야 일주일에 네 시간이 아니라 사십 시간도 받을 수 있었다. 마음 같아선 매일 열 시간씩, 열흘 내에 끝내버리고 싶었다. 구십육 시간의 상담을 끝낸 뒤 내가 뭔가 변해 있으리란 기대는 하지 않았다.

애초에 난 변할 필요가 없었다. 도대체 어떻게 변해야 한

단 말인가. 아이들의 부정행위를 너그럽게 눈감아주는 후덕한 교사로? 아니면 하지도 않은 성추행에 대해 깊이 회개하고 반성해 심인성 발기부전증을 가진 남자로 거듭 태어나?

닥터 팽은 불만투성이인 내 마음을 알았는지 두 달 전 사건이나 정수연에 대해 자세히 묻는 일이 없었다. 정수연의 이름을 꺼낸 건 이번이 처음이었다. 사흘 전에 실종되었다니, 정수연은 과연 어디로 사라진 걸까.

✦

―김종수 씨?

반대편에서 들려온 것은 억양이 미묘하게 들쭉날쭉한 목소리였다. 목소리의 주인이 기침이나 사투리를 억지로 참고 있는 것 같았다.

―김종수 씨 맞으시죠?

―그런데요.

―여기, 동사무숩니다.

동사무숩니다, 하는 짧은 단어 안에 무기력과 권태가 고스란히 묻어 나왔다. 덩달아 나까지 나른하게 몸이 풀어지는 기분이었다. 나는 휴대폰에 뜬 전화번호를 다시 확인했다.

이 지역 번호가 틀림없었다.

─동사무소라니, 정말 동사무소 맞습니까?

바뀐 전화번호를 알고 있는 사람은 많지 않았다. 새벽마다 울려대던 전화벨 소리와 으르렁대는 것 같던 협박범 목소리가 순간적으로 머리를 스쳤다. 또다시 악플러들이 활동을 시작한 건 아닌가 싶어 입안이 바짝 말랐다.

─또 민원이 들어와서 말입니다.

또, 하는 부분에서 여지없이 말투가 길게 늘어졌다.

또오오 민원이 들어와서 말임다아.

나는 얼굴을 찌푸렸다. 이전의 수많은 민원은 대개 집에 대한 것이었다. 내 집에 던진 돌과 쓰레기가 이웃집으로 굴러 들어갔다든지 밤마다 집 앞에서 욕설을 퍼붓는 사람이 있다든지 쓸데없이 동네를 기웃거리며 이것저것 캐묻는 사람들이 너무 많다든지 하는 식의.

그런 민원들은 집이 전소하면서 덩달아 타버린 것 같았다. 적어도 악플러들은 더 이상 돌 던질 집을 찾지 못했을 것이다. 그런데 또 민원이라니 이상했다.

─또오오 말입니까?

대꾸하는 내 말투에도 짜증이 늘어졌다.

─불에 탄 집을 그대로 방치해두고 계시죠? 철거 계획 없

으십니까?

―없는데요.

―주민들이 흉물스럽다고 하도 항의를 해대는 통에 죽겠습니다. 빨리 철거하고 새집 지으셔야죠. 사람들 보기에도 안 좋고 김종수 씨도 곤란하실 거 아닙니까.

―새집을 지으면 그거라고 안 탈 재간이 있겠어요?

―그거야 뭐…….

―다시 반복일 텐데요. 주민들은 다시 돌이랑 쓰레기 때문에 동사무소로 항의하고 실랑이하다 누가 또 홧김에 불을 놓으면, 그때도 또 철거하고 새집을 지어야 합니까?

―꼭 그렇게 되라는 법도 없지 않습니까.

―안 되라는 법도 없죠. 신경 끄세요, 남이야 불탄 집을 새로 짓든 말든.

생각난 김에 나는 집 쪽으로 걸음을 돌렸다.

시꺼멓게 그슬린 담이 무섭다기보다 지저분해 보였다. 곳곳에 자라난 잡풀들이 지저분함을 한층 더 강조하고 있었다. 불에 탄 뒤에도 악플러들이 다녀갔는지 개새끼 뒈져라, 같은 글자와 상스러운 그림들이 하얗게 빛났다.

불이 난 장면을 직접 본 것이 아니니 두려움은 없었다. 상실감과 절망감? 그런 게 있을 턱이 없다. 다만 생활이 불편해진 것에 대한 불만이라면 있었다. 갈아입고 싶을 때마다 속옷과 셔츠를 새로 사야 하고 손톱깎이나 귀이개, 면도기와 이쑤시개 같은 잡다한 물건들을 끝없이 사들여야 했다. 내가 이렇게 많은 물건을 사용하며 살았던가 싶을 만큼 깜짝 놀랄 만한 양이었다.

생활이 불편해지는 것과 귀찮은 일이 반복되는 것만 제외하면 집이 몽땅 타버리는 것도 별 대단한 일은 아니었다. 내게 추억이 담긴 물건 같은 사치스러운 게 있을 리 없었다. 유일하게 아쉬운 것은 텔레비전이나 냉장고 같은 즉물적인 것들이었다. 그나마도 여관에 잘 구비되어 있으니 참을 만했지만.

그러니까 내 말은, 법원 판사도 악플러도 그 잘난 정수연조차도 내게 치명타를 입히는 데는 실패했다는 소리다.

쭈글쭈글해진 채 반쪽만 남은 장판과 시멘트가 드러난 벽을 더듬으며 나는 안으로 들어갔다. 탄 냄새가 아직도 올라왔다. 소방차가 도착해 불을 껐다기보다는 전부 타버려 더 이상 탈 게 없어질 때까지 기다렸다는 게 맞을 정도로 집 안은 물기 하나 없었다.

바짝 마른 마루가 밟을 때마다 바작바작 부서졌다. 골조를 전부 드러낸 서랍장과 텔레비전이 보였다. 브라운관이 터진 건지 화면 안쪽이 뻥 뚫려 있었다.

옛날에 지은 집답게 거실이 좁고 사방이 꽉 막힌 구조였다. 방은 두 개뿐이지만 지하실이 있고 부엌 안쪽에 연탄 쌓는 데 쓰던 광도 하나 딸려 있었다. 우리 집은 굉장히 늦게까지 연탄을 땠다. 연탄가게들이 전부 망하고 기름집이나 얼음집으로 되살아날 때까지도 우리는 연탄을 때 밥을 짓고 방을 데웠다.

아빠는 연탄광을 종종 나를 가둬놓는 데 사용했다.

어느 여름날인가 벌거벗은 채 밤새도록 광에 갇혔던 적도 있었다. 나는 아빠가 지키고 서 있을까 봐 광 안에서 꼼짝도 하지 못했다. 말이 광이지 팔도 쭉 못 펼 정도로 좁고 습기 찬, 벽장 같은 곳이었다. 나는 쭈그려 앉은 채 울다가 오줌을 싸다가 졸다가를 반복했다. 나중에 엄마가 꺼내줬을 땐 온몸이 모기에 물려 곰보빵처럼 울퉁불퉁하게 변해 있었다.

좁은 광에 몸을 밀어 넣자 양 어깨가 빠듯하게 꼈다.

성인 남자 하나가 간신히 들어갈 만한 넓이다. 좁고 끝없이 길다는 인상이 강했는데 지금 보니 좁은 건 맞는데 터무니없을 정도로 길이가 짧았다. 이런 곳에 연탄 삼백 장을 어떻게 우겨 넣었나 싶을 정도로 좁은 공간이었다.

안쪽까지 들어가려면 게처럼 옆걸음질을 쳐야 할 것 같았다. 나는 조금 발을 움직거리다 포기했다. 광 안에 남아 있을 것이 깨진 연탄 조각과 떠돌이 짐승의 배설물 외에 무엇이 있겠는가. 그 생각을 뒷받침이라도 하듯 광 안쪽에서 배설물 냄새가 지독하게 풍겨왔다. 나는 불쾌한 기분에 얼른 광에서 몸을 뺐다.

누나 방은 연탄광과 옆구리를 맞댄 채 놓여 있었다.

모르긴 하지만 그 여름날 울부짖는 내 소리가 누나 방에까지 들렸을 것이다. 아니, 생각보다 벽이 두꺼우니 안 들렸을지도 모르겠다. 벽돌을 올리고 다시 시멘트를 덧바른 만큼 집 벽은 상당히 두꺼웠다.

누나는 어릴 때부터 혼자 방을 썼다.

아기 때 버릇 그대로 나는 초등학생이 된 뒤에도 엄마 아빠 사이에서 잤다. 내가 조금 더 크자 엄마는 밤마다 거실에 이불을 깔아주었다. 옛날 집인 만큼 거실은 지금처럼 가족의 소통 장소가 되는 곳이 아니었다. 각각의 방과 부엌을 이어주는 연결다리와 비슷한 느낌이었다. 나는 길 한복판에 누운 기분으로 잠을 잤다. 아침이 되면 서너 개의 발들이 내 몸 위로 바쁘게 건너다니는 것이 보였다.

누나가 죽고 난 뒤 나는 바로 누나 방을 차지했다.

항상 떠돌고 있던 나는 비로소 내가 머물 수 있는 공간이 생겼다고 믿었다. 더 이상 내 몸 위를 넘어 다니는 검은 발바닥을 보지 않아도 됐다. 이불을 펴둔 채 학교에 가버려도 상관없었다.

정착했다는 생각에 들떠 있는 나와 달리 이번엔 가족들이 하나씩 떠돌기 시작했다. 한번 떠돌기 시작한 가족들은 제자리로 돌아오지 않았다. 마지막, 납골당의 작은 단지 속에 정착하기 전까지는.

집은 지난번 왔을 때와 별다를 게 없었다.

새까맣게 타버리긴 했어도 그나마 지붕이 있는 곳이라서인지 도둑고양이 흔적이 역력했다. 방문과 벽에 이빨과 발톱 간 자리가 새하얗게 일어나 있었다. 도둑고양이 뿐 아니라 불량 청소년이나 노숙자들도 좀 머물렀는지 누나 방 안에 소주병과 컵라면용기, 담배꽁초와 부탄가스 통이 수북했다. 낡은 이불과 옷가지들도 침낭 같은 형태로 구석에 꾸려져 있었다.

다녀간 것이 아니라 아예 이곳에서 누가 살고 있는 건가. 그렇다면 동사무소에 민원이 들어간 이유는 이것일 게 틀림없었다.

나는 이불을 떠들어보다 그냥 밖으로 나왔다.

도둑고양이든 불량 청소년이든 멋대로 드나들라지. 이제 저 집으로 돌아갈 사람은 아무도 없었다. 누군가를 품어주고 이마 위를 가려주는 것이 집이 해야 하는 일이라면 돌아올 리 없는 사람들을 기다리는 것보다 도둑고양이 이마라도 가려주는 것이 더 낫지 않을까. 이미 저곳은 집이 아니게 됐지만 말이다.

홍대 근처에는 자주 가지 않았다.

학교에서 가깝긴 하지만 너무 번잡스럽고 시끄럽기 때문이었다. 평소에는 부러 피해 다닐 정도였다. 낮에 꽁꽁 닫아두었던 셔터를 밤에만 일제히 들어 올리는 가게들도 마음에 들지 않았다. 느슨하고 허청거리는 밤의 허리를 붙들고 돌진하는 사람들도 싫었다. 그럼에도 불구하고 이곳에 오는 건 그 남자를 만나기 위해서였다.

비쩍 마른 남녀가 내 앞을 가로질러 걸어갔다. 항문으로 내장이 쏟아져 나올 것처럼 뚱뚱한 비둘기가 그 뒤를 바짝 쫓고 있었다. 골목에 숨어 있는 가게를 찾아 두리번거리는 사람들 뒤에 숨어 나도 사방을 살폈다.

남자는 아직 나오지 않았다.

남자는 짙은 눈썹에 동남아인 같은 외모를 가졌다. 꼼꼼히 땋은 레게머리를 검은 비니 속에 쑤셔 넣고 코뚜레처럼 생긴 피어스를 귀와 코, 눈썹 여기저기 매달아놓았다. 내 입장에서 보면 결코 호감 가는 얼굴이 아니었다.

나는 단정치 못한 머리나 피어스를 특히 싫어했다. 남자는 마음 내킬 때만 홍대 놀이터에 나와 장사를 했다. 그럴듯한 가판대를 놓고 액세서리를 파는 사람들과 달리 남자는 아무 데서나 박스 하나를 질질 끌어다 판을 벌렸다. 언뜻 보면 지하철역 앞 노인네들을 상대로 한 내기 바둑판 같은 모습이었다.

남자는 밤이고 낮이고 동그란 오버사이즈 선글라스를 꼈는데 코가 커다랗고 입술이 거의 보이지 않을 만큼 얇았다. 말을 할 때 보면 반쯤 녹은 누런 치아들이 입안에 아무렇게나 솟아 있었다.

남자는 가끔 어쭙잖은 질문을 하기도 했다. 대답이 마음에 들지 않으면 상대방에게 물건을 팔지 않았다. 그렇다고 그 물건들이 대단한 수준의 물건이냐 하면 그렇지도 않았다. 남자가 내주는 건 마무리가 엉성하고 시작품인 게 분명한 목걸이나 팔찌였다. 게다가 악취미라 거무죽죽한 대형 도마뱀이나 거미, 용 모양이 대부분이었다.

남자가 반드시 오늘 나오리라는 보장은 없었다.

나는 담배를 피우며 무작정 기다렸다. 나는 남자와의 만남에 운이 좋은 편이었다. 가끔은 여기 건물 어딘가에서 남자가 창밖을 내다보고 있다가 '손님'이 나타나면 뛰어내려오는 게 아닐까 싶을 정도였다.

남자와는 벌써 몇 년이나 알고 지냈을까.

앞에 앉아 있던 남자가 가방에 손을 넣는 것처럼 나란히 앉은 여자 바지 뒤춤에 손을 쑥 집어넣었다. 남자의 손두께만큼 부풀어 오른 엉덩이를 하고 여자는 태연히 이야기를 계속했다. 당황한 것은 나뿐이었다. 이런 거리낌 없는 타인들의 행동에 태연하지 못한 것이 나뿐이라는 게 마음에 안 들었다.

나는 담배를 끄고 자리에서 일어났다.

버스 정류장으로 가려는데 저쪽 멀리 놀이터로 들어오고 있는 남자의 모습이 눈에 띄었다. 어기적거리는 걸음과 짧고 둥그런 몸, 지저분한 머리꼴까지 그대로였다. 류색을 멘 남자는 검은 발자국이 여러 개 찍힌 사과박스 하나를 바닥에 질질 끌며 걸어오는 중이었다. 옆구리에 낀 검은 담요가 그를 노숙자처럼 보이게 만들었다.

―헤이!

남자가 나를 보고 반갑게 웃었다.

끌고 온 상자를 대충 접어 벤치 옆에 놓더니 그 위에 검은 담요를 깔았다. 손바닥만큼 커다란 용이 매달린 목걸이 세 개가 그 위에 놓였다. 그러고는 끝이었다.

―형님 요즘 자주 보네?

남자가 친근하게 말을 붙여왔다. 누런 이 사이로 담배 쩐 내가 확 풍겼다.

―자꾸 나오기 귀찮을 텐데 좀 여러 개 줘?

―그렇게도 팔아?

―단골한테는. 형님, 내 부이아이피잖아. 딴 데 가서 풀지만 않으면 돼. 오케이?

남자가 륙색을 한참 뒤적거리더니 두꺼운 팔찌 하나를 꺼내 내게 보여주었다. 요즘 같아선 아무도 거들떠보지 않을 촌스러운 팔찌였다. 두껍고 투박한 종이가죽은 둘째 치고라도 알루미늄 딱지 같은 조잡한 용이 팔찌에 길게 붙어 있었다.

―완전 신상이야. 효과 죽이고.

―얼마?

―개당 쩜 팔. 한 다스 들었어. 형님은 특별히 아홉 개에 줄게.

─부작용 없지?

─당빠지, 형님. 나는 특급이 아니면 취급 안 한다니까?

─껍데기 좀 멀쩡한 모양으로 바꾸면 안 되냐?

─이게 어때서? 형님, 남자의 로망은 딱 이거야, 가죽에 찡 팍팍 박은 거. 그게 또 여의주 확 틀어잡은 용이면 자빠지지, 아주.

─자빠지긴 새끼야, 쪽팔린다.

남자와 얘기하다 보면 내 말투 또한 허물없어졌다. 어쩌면 내게는 교과서 백칠십육 페이지 로마제국의 멸망 펴세요, 같은 것보다 이런 게 더 어울리는지도 모르겠다.

남자는 떠넘기다시피 팔찌를 내 팔에 채웠다. 뭔가 새로운 좌판인가 싶어 기웃거리던 사람들이 비웃음과 함께 사라졌다. 저게 뭐니, 후지게. 속닥거리는 소리가 고스란히 들려왔다.

나는 얼른 팔찌를 뽑아 주머니에 넣었다.

─또 봐, 형님.

남자가 만족한 듯 코를 킁킁거렸다. 목걸이째 담요를 둘둘 싸는 걸 보니 이대로 들어가버릴 모양이었다. 나는 지갑에서 십만 원짜리 아홉 장을 꺼내 남자에게 주었다. 남자는 돈을 주머니에 넣지도 않고 손에 그대로 움켜쥔 채 사라졌다. 금방이라도 벌레가 기어 나올 것처럼 더러운 사과박스 하나만 내 앞에 덩그러니 남았다.

어느 틈에 날이 캄캄해져 있었다.

나는 서둘러 사람들 사이로 스며들었다. 북적거리는 사람들과 가게에서 쏟아져 나온 음악들이 내 몸을 세차게 떠밀었다. 음악뿐 아니라 번쩍거리는 네온, 자동차의 헤드라이트, 뾰족한 건물 지붕 같은 것들도 합심해 나를 떠밀었다. 지금까지와 비교도 안 될 만큼 커다란 빛 덩어리가 앞에서 휘돌더니 순식간에 퍽 꺼졌다. 주위는 온통 암흑, 암흑이었다.

나는 서둘러 택시를 잡았다. 거대한 이빨을 가진 택시가 내 정강이를 물고 고속도로를 달리기 시작했다. 나는 괜찮을 것이다. 나는 괜찮다. 주문을 외우듯 중얼거리며 나는 남자에게서 산 가죽 팔찌를 이로 꽉 깨물었다.

여관방에 도착해서야 나는 입에서 팔찌를 빼냈다. 입안에 침이 흥건히 고여 셔츠 위로 뚝뚝 떨어졌다. 용 목덜미에 내 이빨 자국이 진하게 남아 있었다.

밥그릇에 미지근한 물을 담고 팔찌를 넣었다. 어느 정도 시간이 흐르자 물에 분 종이가죽이 낱낱이 풀어지기 시작했다. 손끝으로 잡고 비빈 다음 어림잡아 중간 지점을 잡고 쭉

환각입니다

찢어내자 바느질 솔기 터지는 소리가 우두둑 울렸다. 물에 덜 불었는지 갈라지는 게 영 신통치 않았다. 커터로 칼집을 내고 다시 당기자 알루미늄 용이 떨어져 나가며 종이가죽이 정확히 반으로 갈라졌다.

찢어진 종이가죽 사이로 동그란 알약들이 톡톡 떨어졌다. 물에 녹지 않도록 세심하게 비닐에 싸인 채였다.

나는 알약 하나를 서둘러 입에 넣었다.

남자는 홍대에서 온갖 약물을 취급했다. 환각제와 최음제가 주 종목이었다. 내가 사오는 건 그런 유의 약물이 아닌 수면제였다. 물론 단순한 수면제가 아니라는 것쯤은 알고 있었다. 하지만 그 약이 내게 주는 효능이 숙면뿐이라면, 알약 또한 수면제 이상은 될 수 없었다.

잠만 잘 수 있다면 나는 만족했다.

병원에서 지루한 상담과 설득을 거듭한 끝에 처방전을 얻어오느니 홍대에 죽치고 앉아 남자를 기다리는 일이 훨씬 편했다. 남자에겐 비굴하게 애원할 필요가 없었다. 원하는 만큼 돈을 주면 틀림없이 그만큼의 약을 되돌려줬다.

최근 약값이 꽤 오르긴 했지만 그 정도는 참을 만했다. 나에게는 충분한 돈이 있었다. 일찌감치 죽어버린 가족들 대신 보험금을 넘치게 받았으니 내 인생도 그리 나쁜 것만은 아닐지 몰랐다.

손발의 떨림이 가라앉으면서 심장 뛰는 게 확연히 느려졌다. 약을 씹은 지 일 분도 채 지나지 않았다. 신상이라더니 뭔가 효능이 업그레이드된 모양이었다.

나는 재빨리 눈을 감고 이불을 가슴까지 끌어올렸다. 어쩐지 느낌이 좋았다. 이런 날에는 엄마나 누나가 나타나 내 가슴께를 토닥여주기도 했다. 오늘은 왠지 누나가 나올 것만 같았다. 따뜻하게 흰 발을 맞댄 채 잠들 수 있다면 좋을 텐데.

나는 눈을 감고 양을 세기 시작했다.

누나를 떠올리고 있었는데 오늘 세는 양은 웬일인지 전부 검은 단발머리를 하고 있었다.

✦

─요즘 잠은 잘 자?

닥터 팽이 노란색 리본 끈을 손가락으로 뱅글뱅글 돌리며 물었다.

자세히 보니 손끝에서 돌아가는 건 리본이 아니라 한 덩어리로 뭉친 머리카락이었다. 노랗고 긴 머리카락, 커다란 리본을 앞으로 묶은 세일러복, 짧은 스커트와 발목까지 줄줄 흘러내린 루즈 삭스. 닥터 팽의 각진 이마에는 빨간 루비가 박힌 삼각 띠까지 얹혀 있었다.

오늘은 세일러문이로구나.

나는 절망적인 신음을 뿜어냈다.

─요즘 잠은 잘 자? 별일 없어?

닥터 팽이 부러뜨릴 것처럼 손가락을 뒤로 젖힌 채 앙증맞은 제스처를 취하며 다시 물었다. 넓고 푸른 칼라가 닥터 팽 어깨에서 펄럭거렸다. 가슴께 단추가 터질 것처럼 벌어져 그 사이로 검고 구불구불한 털들이 삐져나왔다.

주름이 자잘하게 잡힌 짧은 스커트 아래로 닥터 팽의 근육질 다리가 고스란히 드러났다. 그래도 이번엔 다리 면도를 했는지 북슬북슬한 털들이 보이지 않았다. 대신 벌긋하게 도드라진 땀구멍이 붉은 개미떼처럼 다리에 붙어 있었다.

─닥터, 그 꼴은 정말이지······.

─왜? 깜찍해 죽겠어?

─끔찍해 죽겠어요. 토할 것 같아요.

─어머, 대체 왜?

─여기 올 때 거울은 보셨어요?

─안 봤어, 거울 같은 걸 보다 보면 하루가 홀딱 지나가버리는걸.

닥터 팽이 턱을 끌어당기며 웃었다. 알록달록하게 색이 칠해진 닥터 팽 얼굴은 자세히 들여다볼 엄두조차 나지 않았다.

—닥터는 의복 검열 같은 거 안 받아요?

—지금이 어느 땐데 그런 촌스러운 소리야.

—우리는 받았어요. 청바지만 입고 가도 교장이 당장 교무실로 끌고 가 설교를 했는데요.

—저런. 꽤나 야박한 곳에서 일했네.

닥터 팽의 가증스러운 말투에 나는 고개를 숙였다. 코끝이 저릿해지면서 가벼운 현기증이 일었다. 가능하다면 수면용 안대라도 쓰고 싶었다.

—요즘 잠은 잘 자?

—전 원래 잠은 잘 잤는데요.

—그랬던가? 그럼 자긴 뭣 때문에 왔었지?

—환각. 환각이요.

법원 판사는 닥터 팽이 이런 미친 변태라는 걸 알고 있을까. 성도착자에 어쩌면 호모에 간혹 성추행범 기질까지 보이는 의사에게 날 보내놓고 도대체 뭘 어쩔 셈이었을까.

혹시 함무라비법전에 따라 판결을 내린 걸지도 몰랐다. 눈에는 눈 이에는 이, 성추행범에게는 똑같이 성추행범을. 게다가 옵션으로 성도착자에 호모. 한숨을 쉬는 사이 닥터 팽의 뜨끈한 손이 안대 대신 내 눈 위를 덮었다.

―오늘은 뭐가 보였어?

―아주 끔찍한 게 보였어요.

―뭔데?

―닥터 팽이 세일러복을 입고 있었어요.

―그게 끔찍해?

―당연하죠. 지구가 멸망하는 한이 있어도 다시는 보고 싶지 않아요.

갑자기 닥터 팽이 철수세미 같은 털이 자라 있는 턱으로 내 뺨을 문질러댔다. 입에서 절로 비명이 터져 나왔다.

―어제는 뭘 했어?

―어제?

―상담 날이었는데 안 왔잖아. 나 외로웠단 말이야.

―…….

―뭘 했어? 형편없는 이유면 가만 안 둘 거야.

―친구를 만났어요.

―친구 누구?

―닥터가 모르는 사람.

―세상에 내가 모르는 사람은 없어. 홍대에서 용식이 만났지?

―이름 같은 건 몰라요. 그런데 닥터가 어떻게 그 사람을 알죠? 내가 이전에 얘기했던가요?

―뭐, 아무려면 어때. 고작 용식인데.

―그나저나 닥터, 죄송하지만 제 허벅지에서 좀 내려오시면 안 될까요? 무거운데요.

―아이, 숙녀한테 무겁다는 말을 하다니 실례잖아!

―닥터는 남자잖아요?

―오늘은 남자가 아니라 소녀야, 보고도 모르는 거야?

닥터 팽이 내 어깨를 있는 힘껏 떠밀었다.

엉겁결에 눈을 뜨자 닥터 팽 얼굴이 정면으로 보였다. 낯간지러운 소리를 실컷 해댄 주제에 표정 하나 없이 딱딱하게 굳은 얼굴이었다. 뭐라고 말대꾸를 할 작정이었던 나는 그대로 입을 다물었다. 닥터 팽이 틀림없이 몸을 비비 꼬며 당치도 않은 교태를 부리고 있을 거라 상상한 탓이었다. 나는 조심스럽게 말을 골라 뱉었다.

―나는 정말이지, 닥터가 환각이었으면 좋겠어요.

닥터 팽이 싱긋 웃었다.

웃었다고는 해도 입꼬리만 슬쩍 올라갔을 뿐 유리구슬처럼 냉정한 눈엔 어떤 감정도 담겨 있지 않았다.

수연 #2

박하 잎을 씹어 귀에 넣는다면 이런 기분일 것이다. 반고리관이나 달팽이관에 끈적끈적하게 달라붙어 있던 젤리를 단번에 떼어낸 것 같기도 했다. 그러니까 이것은 말로 표현하기 힘든 시원함과 허전함, 오싹할 정도의 써늘함이었다.

수연은 저도 모르게 두 손으로 귀를 가렸다.

바람이 밀려들어오고 있었다. 연필심처럼 가느다란 바람이었지만 위력만큼은 토네이도 못지않았다. 바람이 수연의 손가락을 억지로 벌리고 난폭하게 침입했다. 수연은 더욱 힘을 주어 귀를 틀어막았다.

―꽤 괜찮은 기분이지?

수연이 가까스로 머리를 들었다.

그러나 정말 자신이 움직인 건지는 확신할 수 없었다. 움직이려고 생각한 것은 분명했지만 뒷목이나 턱이 움직인다는 감각 자체가 없었다. 산산조각 난 몸이 토네이도에 휩쓸려 제각각 날아가고 있었다. 우연히 중심에 떨어진 수연의 눈이 휘날리는 조각들을 비추고 있는 듯한 기분이었다.

수연이 아니라면 움직인 것은 그였다. 움직였다기보다 그가 채우고 있던 화면이 일그러졌다, 는 게 맞았다.

직사각형이던 그의 등이 단번에 홀쭉해졌다. 트라이앵글 치는 막대라도 된 것처럼 건성으로 흔들리는 팔과 짧아진 허리가 종아리 바로 위에 붙어 있었다. 그런 주제에 얼굴만큼은 또렷해서 눈꺼풀 안 흰자위에 올올이 일어난 실핏줄이 고스란히 드러났다. 어디 그뿐인가, 망막을 뒤덮고 있는 땀구멍 비슷한 작은 균열들을 수연은 경악하면서 바라보고 있었다.

균열의 어딘가에서 물이 새어 나오고 있었다.

─그깟 싸구려와는 차원이 다르지. 그렇게,

─침을 줄줄 흘릴 만큼 좋아?

그의 입이 길쭉하게 벌어졌다. 침을 흘리다니. 수연이 황급히 입가를 닦았지만 그것 또한 생각뿐이었다. 수연의 손은 여전히 양쪽 귀를 틀어막은 채였다. 기묘하게도 그의 목소리는 손등에 구멍을 뚫어 밀어 넣는 것처럼 명료하게 들려왔다.

―브이아이피가 아니면 들어보기도 힘든 약이라고. 처음이지, 이런 건? 잠깐 구름 타는 거랑은 비교가 안 되지.

그는 평소와 전혀 다른 모습이었다. 입을 반만 열고도 유려한 발음을 쏟아내던 수업 시간의 그가 아니었다. 어눌한 말투에 이죽이죽 웃음이 배어나와 그마저도 알아듣기 힘들었다. 단정하던 얼굴이 진흙덩이를 으깨놓은 것처럼 엉망으로 흔들렸다.

수연은 그의 말을 알아듣기 위해 신경을 곤두세웠다. 그가 뱉은 문장은 음절대로 끊겨 토네이도에 휩쓸렸다가 두서없이 후드득 떨어졌다.

―오수연. 아니 이수연인가? 김수연? 박수연? 뭐 아무려나 어때. 넌 수연이지?

―알고 있어. 교무실에서 니 담임이 툭하면 수연아 수연아 불러댔으니까. 그 선생은 다 좋은데 말이 너무 많아. 말 많은 게 발랄함의 증표라고 생각하는 모양인데

―발랄하기보다 불안정해 보이지. 그 선생 근무일지에 주의가 산만하고 매사에 안절부절 못함, 그렇게 써주고 싶을 정도라니까.

―너도,

―나를 알고 있지? 이걸로 공평해졌네.

수연의 입이 크게 벌어졌다.

입뿐 아니라 콧구멍 귓구멍 질과 항문은 물론 새끼발가락 끝의 땀구멍까지 죄다 벌어지고 있었다. 혈관을 따라 불이 흐르고 있는 것처럼 피부 아래가 뜨겁고 화끈댔다. 그에게 뭔가 묻고 싶은데 혀가 주먹만큼 부풀어 있었다. 뜨겁게 달군 돌이라도 삼킨 듯 목구멍을 타고 내려가는 열기가 분명히 느껴졌다.

―다 큰 아가씨가 오줌을 싸면 쓰나.

그가 열꽃 핀 수연의 뺨을 쓰다듬었다.

그의 손이 지나간 뒤에야 비로소 수연은 자신의 몸에서 뺨이라는 부분을 정확히 인식할 수 있었다. 뺨을 이루고 있는 살이 지금 막 돋아난 것 같았다. 피가 돌고 얇은 솜털이 옴죽거리며 일어서는 것이 느껴졌다. 발름대는 땀구멍을 손톱으로 싹싹 긁고 싶다는 욕망이 솟구쳤다. 그럼에도 꼼짝할 수가 없어 수연은 울고 싶어졌다.

―이, 이게, 뭐

―용식이는 어떻게 알았어?

―요, 요시

―좀 전에 만난 남자. 누구한테 들었지? 동급생이야?

―아, 나

―인터넷인가? 요즘은 별 쓸데없는 것들이 다 검색되는 세상이니까 말이지. 그렇겠네, 인터넷이겠어. 홍대 용식이라고 검색하면 뜨는 거야? 재밌겠는데.

―이번이 처음은 아니지? 다른 루트도 알아? 아니, 그런 것보다 너, 너 말고 또 누가 알지? 누구한테 얘기했어?

―가, 그어

―내 얘기를 할 건가? 설마 그럴 린 없겠지, 너도 공범이니까. 넌 똑똑한 애니까 그런 바보 같은 짓은 안 했을 거야. 그럼,

―네가 원하는 게 뭘까. 너 같은 애들이 얻어낼 만한 건, 역시 돈? 아니면 다음 학기 시험문제?

수연의 상체가 기울어지며 바닥으로 떨어졌다. 통증은 전혀 없었다. 다만 공중에 뜬 것처럼 비현실적으로 느껴지던 몸이 의자 위에 올라가 있을 뿐이었다는 사실이 허탈한 정도였다. 시선에 잠깐 잡혔던 의자가 납작하게 눌리더니 새파랗고 거대한 강으로 변했다.

―조, 조오

―뭐지? 넌 뭘 원해?

―조, 조용히 해!

수연이 버럭 소리쳤다. 방 안이 울릴 만큼 충분히 큰 목소리였다. 그러나 성대를 뚫어 직접 바깥으로 뽑아낸 소리처럼 거칠고 혼탁했다. 듣기에 따라서는 궁지에 몰린 짐승이 울부짖는 소리 정도로밖에 들리지 않았다.

대체 이게 뭘까.

수연이 머리를 흔들었다. 왜 저 사람이 내 앞에서 떠들어대고 있는 거지? 말 많은 세계사선생이라니, 고귀하고 우아한 고대 그리스인의 이름이나 지명이 아닌 저런 천박한 단어를 떠들어대는 그는 상상도 해본 적 없었다.

이제 그만 좀, 닥치란 말야! 수연이 마구 소리쳤다.

심장박동이 무서울 정도로 빨라지고 있었다. 뇌 속에 차고 넘쳐야 할 산소가 새까맣게 쪼그라들기 시작했다. 커피콩처럼 단단해진 산소 덩어리가 귀를 통과해 들어간 토네이도에 말려 작은 소라고둥을 만들어냈다.

회오리바람 저편으로 그가 일렁이다 사라졌다.

✦

문제는 팔십 개였다.

수연은 별 부담 없이 펜을 손에 쥐었다. 굳이 모의고사 때문이 아니더라도 매일 오백 개 이상의 문제를 풀고 있었다. 팔십 문제라면 한 시간도 안 걸려 풀 수 있었다. 그렇게 습관 들여오고 훈련되어온 것이다. 이 분에 세 문제는 거뜬히 풀어낼 수 있도록, 아니, 문제를 채 반도 읽기 전에 의도를 파악하고 정답을 골라내도록.

수연은 문제를 풀 때마다 자신이 잘 훈련된 원숭이 같다는 생각을 했다.

언젠가 텔레비전에서 문제 푸는 원숭이를 보여준 적이 있었다. 원숭이 앞에 놓인 컴퓨터 화면에는 세 개의 숫자가 한 번에 떴다. 2, 3, 4 같은 한 자릿수도 있고 23, 24, 25처럼 다소 큰 숫자도 있었다.

원숭이가 하는 일은 무질서하게 떠오른 숫자를 작은 수부터 차례로 클릭하는 것이었다. 구부러진 털투성이 손이 툭툭 화면을 건드리면 사람들이 과장된 탄성을 터뜨렸다. 3이 2보다 더 큰 숫자라는 걸 안다고 원숭이에게 득 될 게 대체 뭔가.

굳이 따지자면 있기는 했다. 문제를 맞히면 사육사가 바나나나 영양식 통조림을 내주었던 것이다.

자신이 그 원숭이라면 얼마나 좋을까.

이 분에 세 문제를 풀 수 있다고 해서 칭찬해주는 사람은 아무도 없었다. 시간 맞춰 문제 푸는 훈련이 끝나면 보다 만점에 가까운 점수를 받는 훈련이 새로 시작됐다. 부속으로 긴장하지 않는 훈련, 답안지에 실수 없이 정확히 체크하는 훈련, 쉬는 시간에 소변을 참고 영어단어를 외우는 훈련 등이 계속됐다.

어쨌거나 수연은 그 바보 같은 훈련의 연속에서 살아남았다. 그것도 선생들에게 이름을 기억시킬 만큼 훌륭한 점수로. 그러니 이깟 팔십 문제는 아무것도 아니었다.

첫번째 문제를 풀려는데 이상한 일이 일어났다.

문제의 글자들이 한쪽 끝이 풀린 실밥처럼 스르륵 풀려나가기 시작한 것이다. 읽으려는 글자마다 스르스르 풀어져 시험지 반대편으로 기어갔다. 펜을 갖다 대면 치어떼처럼 흩어져 시험지 여기저기 얼룩을 남겼다.

두번째 문제도 마찬가지, 세번째도, 팔십번째 문제도 마찬가지였다. 꺾임과 연결 고리를 잃은 글자들이 시험지 위를 유연하게 헤엄쳐 다녔다.

―삼 분 남았다. 답안지에 제대로 체크했는지 다시 한 번 확인해봐.

시험 감독관 목소리가 들렸다.

글자 치어떼들이 킬킬 웃으며 모양을 만들어냈다. 둥글고 네모난 그림을 그리며 유영하다 수연의 손이 닿으면 황급히 흩어졌다. 수연의 답안지는 새하얗게 비어 있었다.

고작 팔십 문제인데, 한 시간도 안 걸릴 고작.

수연의 손길이 다급해질수록 치어떼는 더욱 유쾌해졌다. 발랄한 움직임으로 무리를 지어 거대한 물고기 모양을 만들어내기도 했다. 반으로 갈라진 꼬리가 살랑살랑 흔들렸다. 수연은 치어떼가 흩어지지 않도록 숨을 참은 뒤 마구잡이로 펜을 내리찍었다.

―이제 일 분. 종이 울리면 바로 머리에 손 올리고, 제일 뒷사람이 걷어온다.

어서 문제를 읽고, 풀어야 해. 펜에 찔려 늘어진 치어를 끌어다 수연은 문제를 만들기 시작했다. ㄱ.ㄴ.e.ㄹ.ㅐ wa. I.ㅕ. 문제는 팔십 개나 되는데 글자를 만들 치어가 턱없이 모자랐다. 수연은 잇달아 펜을 찍었다. 치어들이 펄쩍펄쩍 뛰며 흩어지고 찔려 죽은 치어들은 몸을 공처럼 둥글게 말았다.

정신없이 시험지를 찍고 있는데 커다란 손이 수연의 시험지를 빼앗아갔다.

―타임 오버.

고개를 드니 세계지도를 이마에 박은 그가 샛노랗게 녹은

이를 드러내며 웃고 있었다.

✦

수연은 몸을 일으켰다.

허벅지가 무겁고 배가 아팠다. 머릿속이 핑핑 돌아 수연은 한참 동안 숨을 고르며 멈춰 있어야 했다. 어깨와 손가락이 부자연스러운 모양으로 곱은 채 잘 펴지지 않았다. 급속냉동 칸에 한 시간쯤 들어 있다 나오면 이런 꼴이 될 것 같았다.

수연은 조심스럽게 눈동자를 굴렸다.

좁은 방. 다행인지 불행인지 그의 모습은 보이지 않았다. 수연이 있는 곳은 좁은 방 안이었다. 편의점 앞에나 있을 법한 파란색 플라스틱 의자에 쭈그려 앉은 채였다. 딱히 묶여 있는 것도 아닌데 꼼짝하기가 힘들었다. 수연은 몸을 일으키려다 그대로 바닥에 나동그라졌다.

그는 꼭 해야 할 이야기가 있다고 했다.

진지한 얼굴이었다. 시리아에 대해 설명할 때와 똑같은 눈. 수연은 고개를 끄덕였다. 수연 또한 그에게 묻고 싶은 것이 있었다. 수연의 주머니 안에는 어디에도 내놓고 싶지 않을 정도로 촌스러운 용 목걸이가 그대로 들어 있었다.

―선생님도 저기서 목걸이 사셨죠?

놀이터에서 큰길까지 골목을 따라 내려가는 동안 그는 말이 없었다. 수연의 질문에도 대답하지 않았다. 다만 딱딱하게 굳은 얼굴로 주머니에서 노란 비타민 통을 꺼내 내밀 뿐이었다.

―하나 먹을래?

수연은 별 생각 없이 그가 주는 것을 받아 입에 넣었.

보통 비타민제보다 훨씬 작고 노란 빛도 덜한 알약이었다. 가볍게 깨물자 입안에 아릿한 향이 퍼지면서 눈앞이 캄캄해졌다. 깜빡임, 휘몰아치는 빛, 깜빡임, 이윽고 정전. 수연이 휘청거리자 그가 재빨리 허리에 팔을 감아왔다.

택시에 태워질 때까지 수연은 정전 상태였다.

알약은 어느새 전부 녹아 사라졌다. 수연은 까맣게 이울어진 의식 속에서도 그의 와이셔츠 소매를 꽉 붙잡았다. 택시 엔진 소리가 비행기 굉음이라도 되는 것처럼 증폭되어 들려왔다. 그러나 청각 외의 감각은 뭔가 질척질척하고 먼, 말하자면 이차원의 늪 같은 곳에 빠진 채 현실과 동떨어져 있었다.

불현듯 나타난 전구 하나가 환한 빛을 발하며 떠오르기 시작했다. 거울에 비친 것처럼 잔뜩 번지고 흔들리긴 했지만

개수만큼은 두 개, 네 개로 꾸준히 늘어났다. 전구가 머릿속, 의식 속에 빼곡히 들어찼고, 그리고,

  그리고 지금, 좁은 방 안.

  젖은 바지 때문에 수연의 얼굴이 달아올랐다. 이것만은 확실히 기억하고 있었다. 그가 지적했을 때 외에도 수연은 몇 번이나 더 오줌을 쌌던 것이다. 수연은 몸 안의 수분이 전부 사라져 마른 진흙처럼 부서질 자신을 상상하며 거듭 배설했다. 배설의 순간은 명쾌했고, 온몸이 부르르 떨릴 정도의 쾌감을 동반하고 있었다.

고양이입니까, 닥터

이것은 고양이에 대한 이야기다.

고양이를 좋아하느냐고 묻는다면 단연코 '아니다'. 신경질적인 울음소리나 번쩍거리는 눈, 등과 배의 경계에 관계없이 마구잡이로 뒤틀리는 긴 몸과 소리를 삼키는 발바닥 같은 걸 나는 극도로 싫어한다. 그렇다고 해서 고양이에 관한 기억이 하나도 없느냐면 그것도 아니다.

기억은 좋고 싫음에 관계없이 남기 마련이다. 내 경우도 그렇다.

나는 원래 고양이에 대한 감정이 전혀 없었다.

다른 동물들과 마찬가지로 불리할 때 울부짖고 즐거울 땐 무방비하게 배를 드러내는 단순한 잡물에 불과했다. 개나 원숭이와 달리 고고하고 우아하다지만 그건 이름 붙이기 나름 아닌가. 뭐가 어찌 됐든 별 쓸모없는 짐승이라는 건 마찬가지였다. 그러니까 고양이가 어느 집에서 백금에 다이아가 박힌 목걸이를 걸고 캣타워에 기대 싱싱한 참치 뱃살을 씹으며 누워 있든 골목길에서 음식물 쓰레기통을 뒤지다 캔 뚜껑에 발이 베이든 상관없었다는 얘기다.

내 기억으로는 집에서도 고양이를 좋아하는 사람이 없었다.

누나가 좋아하는 건 키티처럼 냄새나지 않는 캐릭터 고양이였고 엄마는 동물 자체를 싫어했다. 아빠는 좀 고약한 편이어서 길을 걷다 고양이와 마주치면 발로 걷어찼다. 특히 새벽에 마주치는 걸 몹시 싫어해 자기 앞을 가로질러간 고양이는 몇 시간이 걸리더라도 뒤쫓아 밟아 죽였다.

그러니까 나는, 고양이에 대한 감정이 없었다는 게 맞다. 적어도 발정기에 들어간 길고양이가 비틀린 교성을 내지르며 뛰어다닌다고 벽돌을 들고 쫓아다닐 정도는 아니었으니까.

집에 길고양이가 숨어든 것은 우연이었다.

더럽고 냄새나는 놈이었다. 쓰레기통을 뒤지는 길고양이 중에서도 그만큼 더러운 것은 일찍이 본 적이 없었다. 고양이들은 대개 꼿꼿이 펴진 수염과 깨끗한 엉덩이를 가지고 있었는데, 이놈만큼은 정반대였다.

구겨진 수염은 그나마도 불에 탄 것처럼 그슬려 있었다. 똥이 다닥다닥 붙은 엉덩이 아래로 희한한 방향으로 꺾어진 발목이 보였다. 고양이는 눈을 부릅뜬 채 씨근거리고 있었는데, 가끔 날카로운 소리와 함께 앞발을 내지르는 걸로 봐선 도망치지 못하는 대신 나를 위협해 내쫓을 작정인 듯했다.

나는 처음에 아빠를 의심했다.

아빠가 길고양이 발목을 비튼 뒤 던져버린 게 아닐까 생각했던 것이다. 하지만 아빠라면 발목을 비트는 대신 확실하게 목을 비틀었을 것이 분명했다.

나는 다시 고양이 주변을 살폈다. 사람이 들락거린 흔적은 전혀 없었다. 하긴, 나 외의 누군가가 이 연탄광―고양이가 숨어든 곳은 다름 아닌 연탄광으로, 그곳은 오래전부터 나의 처벌 장소 내지는 은신처로 정해져 있었다. 그러니까 그 집에서의 유일한 내 공간이었다는 소리다―에 들어올 리 없었다.

고양이는 잠시도 경계를 늦추지 않았다. 이 사이로 피거품이 부글부글 끓을 때까지 으르렁거렸다. 하지만 앞니가 휑하니 빠져 있어 조금도 위협적이지 않았다.

나는 몸을 틀어 연탄광 깊숙한 곳까지 들어갔다.

고양이입니까, 닥터

고양이는 제일 안쪽 벽에 등을 딱 붙이고 있었는데 땅을 짚은 앞다리가 부들부들 떨렸다. 털 색깔은 가늠할 수 없었다. 워낙 어두운 데다 고양이가 고물을 묻혀놓은 것처럼 연탄가루 범벅이기 때문이었다. 원래도 밝은 색은 아닐 거라고 나는 생각했다. 노랗게 빛나는 눈만큼은 좀 인상적이었다. 물론 역한 냄새라든지 괴기한 몰골도 충분히 인상적이었지만.

―아빠!

나는 큰 소리로 아빠를 불렀다. 고양이 관찰이 끝나자 별달리 할 일이 없었기 때문이다. 아빠는 어떤 상황에서든 고양이를 능숙하게 처리할 줄 알았다. 어떻게 처단할 건지 결정하는 데 일 분도 채 걸리지 않았다.

―아빠! 아빠, 여기 고양이가 있어요!

거듭 불렀는데도 집에서는 아무 대답이 없었다. 대신 고양이가 눈에 띄게 몸을 떨더니 등을 낮게 굽히고 토하기 시작했다. 멀겋게 개진 밥풀과 미역처럼 미끄덩해 보이는 줄기가 털 뭉치에 섞여 나왔다.

나는 고양이가 아빠에게 두들겨 맞은 끝에 연탄광으로 숨어 들어온 게 분명하다고 생각했다. 아무리 아빠라도 끝을 보지 못하고 놓친 고양이 한 마리쯤은 있겠지. 그렇게 생각하자 고양이가 다시 흥미롭게 느껴졌다.

아빠에게 짓밟히고도 아직 토할 수 있을 정도의 기력이 남아 있단 말이지.

나는 고양이를 아빠에게 이르지 않기로 결심했다. 일단 내 공간으로 숨어든 이상, 이것은 내 것이었다.

나는 고양이 목을 가볍게 쥐었다. 한 손에 쏙 들어오는 가느다란 목이었다. 뜨거운 체온과 급박하게 뛰는 맥박이 고스란히 느껴졌다. 고양이가 발버둥치며 발톱을 세우는 통에 손등과 팔에 빨간 줄이 죽죽 그어졌지만 내버려두었다. 몸을 비틀던 고양이가 문득 멈추더니 다리를 늘어뜨렸다. 공포에 질린 눈이 개개이 풀어지고 있었다.

고양이도 기절할 수 있는 건가?

나는 점차 신이 났다. 내게는 마땅히 할 일도 없었고 함께 놀 만한 아이도 가지고 놀 만한 장난감도 없었다. 연탄광에 숨어든 고양이로 인해 나는 할 일도 가지고 놀 것도 생긴 셈이었다.

―아빠한텐 안 이를 거야.

피부병이라도 걸렸는지 고양이는 쓰다듬을 때마다 털이 한 움큼씩 빠졌다. 생각보다 긴 털이었다. 반항이 없어진 김에 턱을 들어 올려 고양이 얼굴을 살폈다. 어떻게 봐도 괴기한 몰골이었다. 유일하게 그럴듯하던 눈이 감기자 보기 싫게 뭉개진 코만 눈에 띄었다. 콧물이 질쩍질쩍 흐르는 코였다.

무엇보다 볼품없는 건 귀였는데, 누가 물어뜯은 것처럼 귀 끝이 반쯤 잘려 있었다. 잘린 단면이 우둘투둘해 이빨 자국 아니면 핑킹가위 자국으로 보였다.

어느 쪽이든 고통스럽기는 마찬가지였겠지. 나는 상처가 더 잘 보이도록 귀에 말라붙은 검은 딱지들을 떼어냈다. 고양이 눈이 번쩍 뜨이더니 동공이 노랗게 빛났다.

— 도둑고양이 주제에.

나는 고양이의 동그란 머리통을 주먹으로 툭툭 내리쳤다. 내리칠 때마다 눈물인지 콧물인지가 후드득 바닥으로 떨어졌다. 아마도 침이었겠지만.

고양이를 내 것으로 삼았다고 해서 반드시 돌봐줘야 하는 것은 아니었다. 그래도 인정상 먹이 정도는 챙겨주었다. 게다가 가족들에게, 특히 아빠에게 들키지 않도록 판자로 연탄광 안쪽을 가려주었다. 두껍고 속이 꽉 차 울림이 적은 판자였다.

안 그래도 좁은 연탄광에 판자를 끼우는 일은 쉽지 않았다. 너비가 안 맞아 판자는 비스듬히 벽에 걸렸다. 사다리꼴 모양 공간이 고양이를 위해 만들어진 셈이었다. 판자가 너무 꽉 끼인 탓에 빼려고 하면 기분 나쁜 소리를 내며 뒤로 밀렸다. 사다리꼴이 점점 더 작아질 뿐 빠지지 않아 나는 판자를 그대로 두기로 했다.

나는 판자 너머로 고양이를 살폈다.

다리가 나아지는 기색은 없었지만 고양이는 끈질기게 살아남았다. 나는 삼각김밥이나 우유 같은 걸 판자 너머로 넣어줬다. 친절하게 비닐 껍질은 전부 벗기고 우유팩도 윗부분을 잘라낸 채였다. 고양이는 나름대로 순응했는지 잠자코 그것들을 받아먹었다. 큰 소리로 운다거나 발톱으로 판자를 긁는 일도 없었다.

일주일 정도는 이 새로운 놀이가 재미있었다.

그러나 고양이는 생각보다 형편없었다. 함께 놀 수도 없고 번거로운 데다 무얼 해도 별 반응이 없어 함께 있는 것이 전혀 즐겁지 않았다. 심지어 용돈도 바닥나기 시작했다. 고양이에게 가는 횟수는 시간이 흐를수록 현저히 줄어들었다. 밥 주는 일이 드물어지고 판자문 넘겨보는 것도 귀찮아지더니 어느 날은 고양이 자체를 까맣게 잊어버리고 말았다.

왜 하필이면 그 고양이가.

나는 땀으로 흥건히 젖은 베개를 머리 뒤에서 빼냈다. 딱딱한 바닥에 뒤통수가 닿자 두통이 조금 가라앉는 것 같았다. 왜 하필이면 그 고양이가 떠올랐을까. 나는 울렁거리는 속을 한참 다스린 뒤에야 간신히 자리에서 일어나 냉장고로 갔다. 밤새 정전이라도 됐었는지 물이 미지근했다.

물을 마신 뒤에도 계속 갈증이 났다.

시계를 보니 새벽 네시가 조금 넘어 있었다. 언제 잠이 들었던 건지도 모르겠다. 고양이의 깨진 이빨 사이로 부글부글 끓어오르던 피거품이 바로 좀 전 일처럼 생생했다. 나는 아주 오랫동안 고양이에 대해 잊고 있었다. 특별히 추억할 만한 일이 아니었다. 새삼 대단치 않은 죄책감에 시달릴 만큼 내가 바람직한 성격이냐면 그도 아니었다.

나는 방 안을 서성이다 끝내 닥터 팽에게 전화를 걸었다.

—김종수 씨?

닥터 팽은 전혀 잠들지 않았던 것처럼 말끔한 목소리로 전화를 받았다. 내가 아직 여보세요도 하기 전이었다. 나는 가벼운 안도감을 느꼈다. 뭔가를 상담할 수 있는 존재가 가까이 있다는 것은 어쨌거나 기쁜 일이었다. 그 상대가 비록 성도착자에 호모에 성추행범이라 할지라도.

—꿈을 꾸셨다고요. 어떤 내용이었습니까?

―아주 지독했어요. 어릴 때 내가 죽인 고양이가 나왔죠.

―고양이를 죽인 적이 있으십니까?

―그게 뭐. 죽였다기보다는 그냥 내버려뒀던 것뿐이지만요.

―그 고양이에게 죄책감을 가지고 계신가요?

―잘 모르겠어요. 하지만 기억하고 싶진 않아요.

―그런데 그 고양이가 십 년도 훨씬 지난 지금 별안간 생생하게 눈앞에 나타났다 이거군요.

―네, 바로 그겁니다.

―별거 아닙니다. 그까짓 거, 그냥 꿈 아니겠습니까.

―그렇죠. 그래요. 그냥 꿈이죠.

―그런데 말입니다.

닥터 팽이 조금 웃는 소리를 냈다. 그건 웃는 소리가 아니라 하, 하는 짧은 탄성 같은 것이었을지도 모른다. 나는 수화기를 꽉 쥐었다.

―그게 정말, 고양이였습니까?

✦

판자는 사라져 있었다.

스스로의 어리석음에 웃음이 나올 지경이었다. 이 집은 깨끗이 불에 탔던 것이다. 판자 같은 게 남아 있을 리 없었다. 아무리 단단해도 불타기 쉬운 나무 아닌가. 그런데도 지난밤 꿈에 보았던 그 판자가, 곰팡이가 슬어 미끈미끈해진 판자가 그대로 남아 있을 거라고 생각했다니.

나는 연탄광 입구에 우두커니 서 있었다.

고양이를 가둬두었던 일이 아주 오래전 일 같기도 하고 불과 며칠 전 일 같기도 했다. 희미하거나 생생한 기억이 파도처럼 넘나들었다. 꿈을 꾼 뒤 바로 이곳으로 뛰어왔으니 뇌의 일부가 아직 깨어나지 못한 것이 틀림없었다.

신발 밑창으로 바닥을 긁자 매캐한 연기가 피어올랐다. 밭은기침을 하다 나는 문득 멈춰 섰다. 한층 더 강렬해진 악취. 나는 놀란 눈으로 주위를 둘러보았다.

연탄광은 지난번 왔을 때와 똑같았다. 여전히 작고 먼지투성이였으며 도무지 발 들이고 싶지 않은 깊은 어둠을 품고 있었다. 배설물 냄새가 진동하는 것도 마찬가지였다. 그러나 지금의 냄새는 뭔가가 썩어가고 있는 듯한 역한 악취를 수반하고 있었다. 불현듯 공포가 몸 안에 차올랐다. 그때의 고양이가 지금까지 썩고 있는 건 아닐까. 노란 눈알을 번쩍이며 아직도 저 너머에서 나를 노려보고 있는 것은 아닐까.

안에서 무엇이 썩고 있든 그건 내 알 바 아니었다. 그런데도 내 몸은 쉽사리 움직여주질 않았다.

그게 정말, 고양이였습니까?

이 집에서 나가자고 나는 생각했다. 불에 탄 집을 혼자 서성이는 건 결코 기분 좋은 일이 아니었다. 함께 살았던 사람들이 목이 부러지거나 폐가 썩어 죽고, 남은 나 또한 누명을 뒤집어쓴 끝에 홀딱 타 죽을 뻔했던 집이라면 더더욱 그랬다. 다시 한 번 집을 부동산에 내놓아봐야겠다. 지금이라면 혹시 살 사람이 나올지도 몰랐다.

나는 밖으로 나왔다.

거리는 마치 불에 탄 연탄광처럼 어두웠다. 불에 타다 만 사람들이 휘적휘적 골목길을 걸어 다녔다. 하나같이 눈이 퀭하고 코가 뭉개진 사람들이었다.

현실입니다

새벽 외출은 실로 불쾌한 것이어서 나는 동이 틀 때까지 욕조 안에 잠겨 있었다.

여관에 딸린 욕조는 아이들 것만큼이나 작았다. 나는 양쪽 무릎으로 목을 꽉 누르고 발가락 사이사이 손가락을 끼워 넣은 채 버텼다. 물이 식어 목 뒤와 어깨에 소름이 돋을 때까지 꼼짝도 하지 않았다.

몸을 닦고 침대에 누운 뒤엔 남자에게서 산 알약을 하나 더 먹었다. 나는 보통 마지막의 마지막까지 참다가 약을 먹곤 했다. 그러나 오늘은 그런 걸 따질 때가 아니었다. 알약을 한꺼번에 털어 넣고 싶은 마음을 억누르는 것만도 버거웠다.

알약을 씹는 동안 현기증과 구토감이 나를 덮쳤다. 상관

없어, 잠들 수만 있다면. 그러나 수면의 조짐은 쉽게 나타나지 않아 나는 한 시간가량 멀뚱히 누워 있었다. 목구멍이 간지러워 기침을 하니 민들레 씨앗 하나가 입에서 톡 튀어나왔다. 그것을 기점으로 좁은 여관방이 온통 하얀 민들레 씨앗으로 가득 차기 시작했다.

나는 꾸물꾸물 이불 속으로 파고들었다. 이불 안에는 아빠가 있었다.

—아빠? 여기서 뭐해?

—쉿. 조용히 해라. 엄마한테 얘긴 안 했겠지?

—무슨 얘기?

—아무거나. 쪽팔리는 얘기는 전부 안 했겠지?

—안 했어.

—그럼 됐다. 자라.

아빠는 더러운 털옷을 입고 있었다.

아빠가 몸을 뒤척일 때마다 썩은 고기 냄새가 올라왔다. 눈꺼풀이 무겁고 손발이 늘어졌지만 냄새 때문에 도무지 잠들 수가 없었다.

—그 옷은 뭐야?

—잊어버렸냐? 니가 사준 옷이잖아.

—내가? 내가 아빠한테 그런 옷을 사줬어?

─항상 이것만 입었다, 나는.

─그럼 이제 벗어. 냄새나.

코를 제외한다면 내 몸은 벌써 무의식 저편으로 날아가고 있었다. 등뼈가 흐물흐물 녹아 이불로 스며들었다.

어서 코도 잠들면 좋을 텐데.

썩은 고기 냄새가 더욱 강렬해졌다. 삭은 생선 내장 내지는 냉동고에서 꺼내 한여름 아스팔트 위에 방치해둔 돼지비계 냄새와 흡사한 악취. 그 속에 미미하게 섞여 있는 노린내에 탄내까지, 내 코는 좀처럼 잠들 수 없었다.

─옷 좀 벗으라니까. 냄새나.

─그래도 괜찮겠냐?

아빠 목소리가 갑자기 음산해졌다.

이불 안이 아니라 동굴 속에서 울리는 목소리 같았다. 아니 그보다 이 소리는 좀더 습기 차고 어두운, 검고 탁한 먼지가 떠돌고 있는 곳, 그러니까 흡사 연탄광 같은 곳에서 흘러나오는 것 같기도 했다.

나는 눈을 번쩍 떴다.

─이제 그만, 벗고 나가도 괜찮겠냐?

산발을 한 아빠가 시뻘건 눈으로 나를 노려보고 있었다. 얼굴과 몸에 시멘트와 연탄가루가 덕지덕지 붙어 있고 털옷이 공처럼 부풀기 시작했다.

아빠가 앙상한 손을 내 쪽으로 뻗었다. 그 손에 돌연 살이 붙더니 털옷뿐 아니라 아빠까지 급격히 부풀기 시작했다. 넓은 어깨와 두꺼운 등, 금방이라도 나를 잡아 구겨버릴 것처럼 거대해진 손바닥.

나는 비명을 지르며 몸부림쳤다. 가랑이 사이로 뜨거운 소변이 쏟아져 나오고 있었다.

―당장 이 문 열어요!

문밖의 소란을 깨달은 건 한참 뒤였다.

나는 젖은 아랫도리와 텅 빈 이불 속을 몇 번이고 확인했다. 누가 손을 집어넣어 뒤적이고 있는 것처럼 머리가 아팠다. 이렇게 고통스러운 두통과 환각은 처음이었다. 나는 겁에 질려 방 벽에 바짝 붙었다.

―김종수 씨, 안 들려요?

―문 열란 말입니다!

힘찬 목소리가 문밖에서 울리고 있었다. 힘찬 건 목소리뿐만이 아니어서 남자는 당장이라도 부수고 들어올 것처럼 요란스럽게 방문을 두드렸다.

―이럴수록 당신한테 불리하다는 거 모르시겠습니까?

불리하다니. 지금 상황만큼 불리한 꼴이 또 어디 있겠는가. 나는 한 평 반 남짓한 여관방에 갇혀 있고 남자는 나의 유일한 통로를 가로막은 채 나를 위협하고 있다. 그보다 먼저, 저 남자는 대체 누구란 말인가.

누구냐고 묻고 싶은데 입이 잘 움직이질 않았다. 손을 대보니 오른쪽으로 비틀린 입에서 침이 줄줄 새어 나오고 있었다.

―좋습니다, 김종수 씨.

남자가 지레 기운이 빠진 듯 문 두드리기를 멈췄다. 대신 여관 전체가 쩌렁쩌렁 울릴 정도의 큰 목소리로 떠들어대기 시작했다.

―당신은 현재 법원 판결을 무시하고 이행을 거부하고 있습니다. 이건 죄가 커요. 아시겠습니까? 법원에서 지정해준 정신과 상담의에게서 어제 연락이 왔단 말입니다. 김종수 씨가 지금까지 단 한 차례도 오지 않았다고. 예정대로였다면 당신은 벌써 스물여덟 시간의 상담을 받았어야 합니다. 듣고 있습니까? 네?

멍한 기분이었다. 남자가 한 말을 내가 제대로 이해한 건지조차 의심스러웠다. 상담을 단 한 차례도 받지 않았다니? 나는 분명 일주일에 네 시간씩 꼬박꼬박, 어쩔 때는 여섯 시간도 상담을 받았다. 닥터 팽의 보라색 입술과 구슬 박힌 홈드레스를 견뎌내면서, 그 구역질나는 면상과 북슬북슬한 가슴 털을 참아가면서 말이다.

철컥, 하고 문 열리는 소리가 울렸다.

―뭐야, 이게!

투덕투덕 살이 오른 여관 주인의 아랫배가 방문 체인 아래 그림자처럼 늘어졌다. 남자가 말하는 사이 여관 주인이 비상키로 문을 따고 들어온 것이었다.

―어이어이!

여관 주인의 화난 목소리가 남자보다 먼저 방 안으로 뛰어들었다.

―누가 마음대로 방문에 체인 달라고 했어, 엉? 이건 수리비 청구감이라고. 알아?

남자가 사납게 문을 흔들어댔다. 잘 차려입은 양복과 반듯하게 목에 맨 넥타이와 달리 행동이 거칠고 우악스러웠다. 체인이 빠질 때까지 흔들 작정인 듯했다. 당황한 여관 주인이 남자를 말리는 소리가 거친 소음 사이사이 울렸다.

확인해봐야 해. 나는 생각했다. 당장 닥터 팽에게 가서 따져야 했다. 그가 모함을 한 것이라면 그 더러운 수염에 주먹이라도 한 방 먹여야 했다.

나는 남자가 잠깐 문을 닫은 틈을 이용해 체인을 풀었다.

그리고 남자보다 앞서 문을 힘껏 발로 찼다. 문에 바짝 붙어 있던 남자와 여관 주인이 뒤로 떠밀렸다. 나는 냅다 달리기 시작했다. 젖은 바지가 허벅지에 척척 감겨왔다. 남자의 커다란 고함 소리가 여관 복도를 일직선으로 통과해 내게 달라붙었다. 어쩐지 뒤를 쫓는 발소리가 무수히 많은 것 같은 기분이 들었다.

나는 돌아보지 않고 그대로 계속 뛰었다.

✦

닥터 팽은 백발노인의 꼴을 하고 있었다.

언젠가 판타지영화에서 본 늙은 마법사와 똑같은 모습이었다. 바닥까지 늘어진 결이 고운 백발과 가운처럼 크고 치렁치렁한 옷차림. 나는 무심결에 술집 마담이나 세일러복 버전보다 이게 훨씬 낫다고 말할 뻔했다.

닥터 팽은 긴 나무지팡이를 짚고 있었는데, 그게 의외로 잘 만들어져 있었다. 둥근 손잡이 부분과 기괴하게 일그러진 몸통 부분이 손때 탄 것처럼 만질만질했다. 하지만 한가운데 박힌 보라색 구슬이 언젠가 홈드레스의 그것과 일치한다는 점에서 신비감이랄까 하는 게 순식간에 사라져버렸다.

닥터 팽은 뒤를 흘끔 돌아보더니 입꼬리까지 늘어지는 흰 눈썹을 마저 붙였다.

―생각보다 일찍 왔군.

―그건 또 무슨 흉냅니까?

―선지자. 예언자. 현자. 그리고 자네의 유일한 조력자.

―말도 안 돼.

―지금은 뭐라고 생각해도 좋네. 언젠가 자네도 깨닫게 될 날이 오겠지. 그리고 이제, 얼마 안 남았어.

닥터 팽은 천천히, 정성을 다해 눈썹을 붙였다.

―왜 그러셨어요?

닥터 팽의 흰 옷자락이 펄럭였다.

―왜 법원에 거짓 전화를 한 거예요, 왜!

―거짓?

―전 지금까지 닥터와의 상담을 한 번도 거른 적이 없어요. 닥터가 더 잘 아시잖아요? 닥터가 무슨 짓을 하든 꼬박꼬박 나와서 상담을 받았다고요.

―그랬지.

―그런데도 전화했잖아요? 방금 웬 남자가 찾아왔었다고요. 법원 판결을 계속 무시한다면 그냥 두지 않겠다고 날 협

박했어요!

―그것 참 유감이군.

―다 닥터 때문이잖아요! 도대체 어쩌자고 그런 전화를 한 거예요? 왜 내가 한 번도 오지 않았다고 거짓말을 한 거죠?

―난 거짓말 같은 건 한 적 없네.

―뭐라고?

―물론 꼬박꼬박 누가 오긴 했지. 하지만 그게 정말 자네였는가?

―무슨 말 같잖은 소릴 하는 거예요!

―자네는 상담 받는 내내, 진실을 말했던 적이 한 번도 없지 않은가?

닥터 팽의 형형한 눈빛이 나를 쏘아보고 있었다.

나는 닥터 팽 멱살을 턱밑까지 바투 잡았다. 무슨 말을 하든 이번엔 결코 그냥 넘어가지 않겠다고, 닥터 팽이 계속 궤변을 늘어놓는다면 판사에게 직접 끌고 가 항의하겠다고 작정한 참이었다. 그러나 닥터 팽은 얼굴색 하나 변하지 않고 내 손을 털어냈다. 떠밀린 팔목이 저릿할 정도로 억센 힘이었다.

―요즘, 잠은 잘 자나? 아하 참. 자네는 불면이 문제가 아

니라고 했었지. 환각이 문제라고 했던가? 잠은 아무 문제없이 잘 자고 있고 말이야.

—…….

—어젯밤은 정말 잘 잔 것 같군. 얼굴에 제법 혈색이 돌거든. 용식이한테서 산 약 효능이 좋았던 모양일세. 그런 법이지. 약은 비쌀수록 제값을 하거든.

팔다리에서 힘이 쭉 빠져나갔다. 잊고 있었던 지린내가 스멀스멀 피어올랐다. 의기양양해진 닥터 팽이 바짝 몸을 붙여왔다. 그의 몸은 얼음처럼 차가웠다.

—자네 아버지가 돌아가셨다고 했었지?

—……?

—자네 누나는 교통사고로 목이 부러져 죽었고 말이야. 어머니는 폐가 썩어 돌아가셨지. 죽도록 고생만 하시다가.

—그래요. 그게 뭐요?

—알고 있나? 자네에겐 누나가 없어.

—뭐라고?

—어릴 때 죽은 누나나 이복형제도 물론 없네. 자넨 호적상으로도 현실상으로도 완벽한 외동아들이지.

—무, 무슨 말도 안 되는!

—어머니 폐는 아무 문제도 없었네. 자넨 어머니를 한 번

도 본 적이 없었을 거야. 자넬 낳고 나서 바로 죽었거든. 태반이 치받쳐 올라왔다든가 뭐 그런 이유였지. 아니, 폐색증이 문제였던가? 아무튼 중요한 건 말일세, 자네 어머니가 자넬 낳고 바로 죽었다는 거야. 자넬 키울 만한 시간은 물론 공장에서 사탕 봉지를 비틀 만한 시간도 없었지.

─아니야. 엄마는 분명히 공장에서…….

─그럼 자네 아버지는 어땠을까. 자네 아버지도 정말 목이 부러져 죽었을까? 월미도 놀이기구에서 떨어지는 사고로 말이야.

뒷걸음질 치는 나를 닥터 팽이 집요하게 쫓아왔다.

어느 틈인지 닥터 팽이 내 손목을 꽉 쥐고 있었다. 닥터 팽 턱이 따닥따닥 떨리기 시작했다. 커다란 호두까기 인형 턱을 마음대로 부딪고 있는 것 같은 모습이었다.

닥터 팽은 미친 사람 같았다. 정신과 상담이 필요한 건 내가 아니라 닥터 팽이었다. 성도착증이 문제가 아니라 닥터 팽은 정말, 미쳐 있었던 것이다.

─자네가 말했던 것 중 일부는 맞네. 어느 부분인지는 자네도 잘 모르겠지만 말이야. 그럴듯한 얘기들도 있었지. 하지만 대부분 형편없었네. 꾸미고 짜깁기한 티가 너무 났거든. 드라마나 영화, 소설, 신문 어디에서 본 걸 대충 떠들어댄

거겠지. 무엇보다 아버지 얘기가 마음에 안 들어. 리얼리티가 전혀 없지.

―자네 말마따나 누나가 급작스레 죽었다면 아버지가 충격을 받을 만도 하네. 생전에 스포츠댄스를 반대하고 억압했던 것에 대해 한이 남을 수도 있어. 그럼 아버지도 춤을 춰야 했던 거 아닌가? 유지를 받들어 끝내는 국가대표 선수쯤 돼 줘야 감동도 있고 완성도도 높아지지 않겠냐 이 말이야.

―자네 아버지도 춤을 췄어야지. 스포츠댄스로 세계 순위를 석권하다 비행기 사고로 죽었다는 얘기쯤은 나와야 않겠나? 난데없이 월미도 디스코에 가서 점프라니, 너무 작위적이란 말일세.

―어때, 내가 무슨 얘길 하고 있는지 알아들을 수는 있나? 모르겠어? 모르는 게 당연하지. 이제 자네 머릿속 기억들이 전부 뒤죽박죽이 되었을 테니까.

닥터 팽이 차갑게 웃었다.

―내게 와서 상담한 건 누구였나? 자네가 말한 건 누구의 기억이지? 아니, 누구랄 것도 없이 그저 거짓말에 불과했나?

―당신은 미쳤어.

―미친 건 자넬세. 안타깝게도 그게 진실이지. 자네는 미쳤어. 미치지 않고서야 그렇게 당연하다는 듯 거짓말을 쏟아

내진 않지. 자, 얘기해보게. 아버지를 어떻게 했지?

―아버지?

―자네는 스무 살이 될 때까지 아버지와 둘이 살았네. 꼭 스무 살이었지. 자네 아버지가 심각한 약물중독자였다는 건 자네를 한 번이라도 담당했던 사람이라면 누구나 다 알고 있었을 거야.

―담당하다니. 누가 날?

―자네, 법원이 처음도 아니었잖아. 아주 익숙하지 않았어? 유소년 시절부터 자넨 끊임없이 법원과 보호소에 드나들었지. 물론 자네 잘못이 아니야. 자네 아버지가 문제였지. 약물중독에 알코올중독자였던 자네 아버지가 자네를 어떻게 다루었을지는 안 봐도 뻔하네.

―자네는 수없이 긴 시간을 병원과 보호소에서 보냈어. 자네 아버지는 심각한 수준으로 자네를 폭행했지. 물론 일부러는 아니었을 거야. 약에 취해서, 술에 취해서 자네가 사람으로 보이지 않았던 거겠지.

―자네는 두개골이 깨지고 갈비뼈가 으스러지고 쇄골이 빼빼로처럼 부러지는 와중에도 살아남았어. 그건 대단한 걸세. 칭찬할 만해.

―보호소에서는 여러 차례 자네와 아버지를 격리시키려

고 했겠지. 자네는 다른 집으로 입양될 수도 있었어. 하지만 절차상이라든지 여러 이유로 어영부영하는 틈에 자네가 너무 많이 성장해버렸지. 자네는 누굴 원망했나. 아버지? 사회복지사? 아니면 신?

─아무도 원망한 적 없어.

─그럼 스스로를 원망했나?

닥터 팽이 파이프를 들어 불을 붙였다.

언젠가의 호루라기를 떠올리고 있던 나는 파이프에 제대로 불이 붙는 걸 보고 일순 당황했다. 이 빌어먹을 환각. 대체 어디서부터 어디까지가 환각인 거지? 지금 내 앞에 있는 건 환각? 진짜 닥터 팽?

─자네는 무서웠을 거야. 아무리 신고하고 아무리 도망쳐도 폭력의 고리를 끊을 수 없었지. 게다가 약기운이 떨어지면 말이야, 자네 아버지는 쪼그라들고 약해빠진 인간이었거든. 스무 살쯤 되어선 자네가 아버지보다 훨씬 커졌을 거야. 그렇지? 이제는 쉽게 끌려다니지도 얻어맞지도 않을 만큼 자네가 커졌지.

불붙은 파이프가 내게 너무 가까이 닿는 바람에 몸이 떨렸다.

닥터 팽이 손을 놓고 반대편 벽까지 천천히 걸어갔다. 바닥에 끌리는 옷자락이 그의 백발처럼 새하얗게 빛났다. 티끌 하나 묻지 않은 옷자락을 털며 닥터 팽이 파이프를 내려놓았다. 지푸라기를 태운 것 같은 텁텁한 담배 냄새가 이미 방 안에 가득 차 있었다.

―자. 스무 살, 성인이 된 자네가 있네. 그 앞에 형편없이 심약하고 보잘것없는 중년남자가 서 있지. 손목도 발목도 자네보다 가느다랬을 거야. 머리는 듬성듬성 빠지고 가스와 본드 때문에 이가 누렇게 녹아내려 있겠지. 어디다 힘껏 처박으면 금방 부러질 것 같은 목을 하고 자네 앞에 있네. 자네 손은 이제 어릴 때 본 아버지 것만큼이나 커졌지. 그 손으로 뭐든지 다 할 수 있네. 아버지를 죽일 수도 있지.

―아니야.

―자넨 그 손을 어떻게 했지? 그 볼품없는 아버지를 어떻게 했어?

―아니야!

―자네 아버지는 언제 어디서 죽어도 이상할 게 없는 사람이었어. 약을 훔쳐 달아나다 칼에 찔려 죽는다든지 약물 쇼크로 죽는다든지 술에 취해 뺑소니차에 치여 죽는다든지 모든 가능성이 열려 있었지. 아버지가 죽는 건 시간문제야. 자네는 두 가지 중 하나를 선택할 수 있었네. 그 모종의 방법

으로 아버지가 죽어버리길 기다리는 것과, 기다릴 것 없이 자네 손으로 해치워버리는 것.

―아빠 뺑소니차에 치인 적도 칼에 찔린 적도 없어. 벌써 말했잖아요? 우리 아빠는 월미도 놀이기구에서 떨어져 죽었다고! 내가 아빠를 죽이다니 말도 안 돼!

―끝까지 놀이기구라 이건가?

―진짜야! 놀이기구에서 점프를 하다 죽었어! 그까짓 거 한번 펄쩍 뛴다고 누나를 이해할 수 있는 것도 아닌데. 그렇게 형편없는 짓만 하다 죽었다고 했잖아요, 도대체 나한테 왜 이러는 거예요?

―그게 진실인가?

닥터 팽이 정색을 하고 물었다.

너무 진지한 물음이라 등에 오싹 소름이 돋을 정도였다. 머릿속이 다시 깨질 것처럼 아파오기 시작했다. 가느다란 연기가 피어오르는 것처럼 눈알 뒤쪽이 간지러웠다.

―니벨룽겐의 반지에 대고 맹세할 수 있나? 자네가 말한 것이 진실이라고 말일세.

―도대체!

나는 눈을 감았다. 어째서인지 눈물이 주르륵 흘러 턱 밑에 맺혔다. 미친 것은 분명 닥터 팽이라고 생각하면서도 나는 무릎 꿇듯 그 앞에 쓰러지고 말았다.

─도대체 진실이라는 게 뭐죠? 뭐가 현실인가요? 내가 지금 보고 있는 당신은 현실인가요? 여기 있는 내가 현실이에요? 대체 어디까지가 현실이고 어디까지가 망상인 거죠?

─자네가 믿고 싶어 하는 부분까지가 망상이고 나머지는 전부 현실이지. 자네가 버리고 싶어 하는 부분, 그게 바로 진실일세.

닥터 팽이 당연하다는 듯 말했다. 너무도 당연해서, 이제는 말하는 것조차 귀찮다는 듯이.

수연 #3

아무것도 상상할 수 없다면 얼마나 좋을까.

수연은 입술을 깨물었다.

지금 이 순간 가장 증오스러운 것은 상상력이었다. 상상할 수 있다는 것이, 상상이 끝없이 이어지고 펼쳐진다는 것이 혐오스러웠다. 상상할 수 없다면. 지금 자신이 어떤 꼴로 묶여 있는지, 앞으로 어떻게 될 것인지 상상하지 않을 수만 있다면.

상상력만 사라진다면 수연은 지금 당장 누가 자기 뇌를 한 숟가락 크게 퍼간다 해도 원망하지 않을 자신이 있었다.

어둠은 차라리 편했다.

그러나 이곳의 어둠은 그리 완벽하지 못했다. 가느다란 윤

곡선이 떠올라 수연은 자주 눈을 감았다. 무언가에 초점을 두고 응시하는 일 또한 하지 않았다. 지금 필요한 것은 어둠, 침묵, 그리고 백지 상태의 머리였다.

빛이 약간이라도 더 들어온다면 수연은 미쳐버릴지도 몰랐다. 배설물 범벅이 된 다리와 토사물에 젖은 머리카락, 엉망이 된 교복 블라우스와 더러운 뺨. 그런 것들을 깨닫게 되는 것이 싫었다. 아무것도 볼 수 없는 게 차라리 좋았다.

수연은 필사적으로 의식을 잃고자 노력했다. 아무 냄새도 맡지 않으려 노력했다. 하지만 그 노력이 무색하게 삭아가는 배설물 냄새는 더욱 강렬해질 뿐 사라지지 않았다.

도대체 왜, 같은 상식적인 질문은 이미 포기했다. 왜 하필이면 나를, 같은 억울한 감정도 버렸다. 후회와 미련, 그 외의 감상적인 것들로 괴로워할 수 있었던 시기는 이미 지났다. 지금은 오로지 백치 상태로의 자기최면만이 필요했다.

수연은 어떻게 하면 백치가 될 수 있을까 궁리하다 그 궁리에도 너무 많은 상상력이 필요하다는 사실에 절망했다. 어떻게 해도 상상만큼은 떨어지지 않고 수연에게 꽉 달라붙어 있었다. 그렇다면 차라리,

더욱 잔혹하게, 더욱 처절한 장면들을 상상해버리자.

수연은 목이 꺾인 채 죽은 자신을 상상했다. 오래 방치돼

쥐와 벌레들이 파먹다 버린 문드러진 얼굴의 자신도 상상했다. 눈먼 뱀처럼 자기 살을 뜯어 먹다 출혈과다로 죽을 자신 또한 상상했다. 자신의 사체가 백골이 되는 것이 더 빠를지, 도시개발계획으로 이 일대가 철거되는 게 더 빠를지에 대해 상상하기도 했다. 포크레인이 땅을 긁을 때마다 한 조각씩 딸려나갈 자신의 살점과 뼈에 대해서도 꼼꼼히 상상했다.

간혹, 아주 간혹이지만

쏟아져 들어오는 빛과 우르르 몰려드는 사람들 발소리를 상상할 때도 있었다. 담요에 소중히 싸여 구급차에 실린 뒤, 깨끗한 침대와 식사가 마련된 병원으로 옮겨지는 상상이었다. 그런 상상 뒤에 밀려드는 허탈감은 무참할 정도였다. 긍정적인 상상은 희망을 주는 것이 아니라 현실에 대한 비참함만 증폭시켰다.

곰팡이와 습기 때문에 코가 아팠다. 숨 쉴 때마다 따라들어온 갈고리 모양의 무언가가 콧속에 콱콱 박히는 것 같았다. 기침을 하면 두꺼운 먼지와 연탄가루가 풀썩풀썩 피어올랐다.

그것이 연탄가루라는 걸 알려준 사람은 그였다.

―연탄이라는 거, 수연이는 본 적 있니?

본 적이라면 있다. 집 앞에 연탄 숯불구이였나 그런 간판을 단 고깃집이 있었던 것이다. 고기 굽는 판 아래 구멍이 뺑뺑 뚫린 연탄이 들어 있었다. 가게 앞에 쌓여 있던 살구색 연탄재에 신기해하던 기억도 선명했다.

―옛날엔 이걸로 다 난방을 했어. 연탄집게로 들어 구멍을 잘 맞춰서 놓지 않으면 불이 꺼졌지. 아궁이에 아참, 아궁이가 뭔지는 아니? 부뚜막, 부지깽이, 그런 거 다 모르겠네. 아무튼, 아궁이에 있는 구멍으로 불을 조절하는 거야. 연탄을 모르다니, 참, 내가 어릴 땐 연탄 없는 삶은 상상도 못했었는데 말이야.

그는 고양이라도 쓰다듬는 것처럼 수연의 목덜미를 천천히 쓰다듬었다. 그것이 수연에게는 언제라도 목을 졸라 죽일 수 있다는 식의 위협으로 느껴졌다.

―연탄가루 때문에 얼굴이 새카매졌네. 목이 좀 간지럽겠지만 별로 몸에 나쁜 건 아닐 테니 참아. 네가 얌전히 있겠다면 방으로 옮겨줄 수도 있어. 예전에,

―우리 누나가 쓰던 방이지.

차가운 바닥 때문에 이가 덜덜 떨렸다.

제대로 일어나 앉을 수 있게만 해줘도 좋아요. 그렇게 말하고 싶었지만 수연은 하지 못했다. 입에 길게 붙은 대형 멸

균 밴드는 아무리 침을 묻혀도 떨어지지 않았다. 수연은 돼지 통구이라도 된 것처럼 양팔과 다리가 함께 묶여 있었다. 게다가 뒤로 묶여 있어 가슴과 배가 고스란히 맨바닥에 닿았다.

냉기가 뼛속까지 파고들어 턱이 떨리고 배가 부글부글 끓었다. 무엇보다 허벅지가 땅기고 허리가 아파 견디기 힘들었다.

얼마나 더 이곳에 있어야 할까. 벗어날 수 없다면 그의 말마따나 방으로라도 옮겨졌으면 좋겠다. 그게 안 된다면 묶은 매듭이라도 앞으로. 수연은 점점 더 최소한의 것들을 기도했다. 하다못해 날이 조금만 더 따뜻할 때 이곳에 끌려왔더라면, 그런 식의 바람도 있었다. 그러나 모든 것은 이곳에 감금되어 있다는 구체적 상황에서 자유로워질 수 없었다.

―뭐, 하고 싶은 말이라도 있는 거야?

그가 선심 쓰듯 입을 막은 밴드를 뜯어주었을 때 수연은 비명을 지르지 않기 위해 참고 또 참았다. 지금 비명을 지른다면 정말 죽임을 당할지도 몰랐다.

턱이 잠깐 들어 올려진 것만으로도 온몸에 경련이 일었다. 하고 싶은 말이라면 끝이 없었다. 살려주세요. 집으로 돌려보내주세요. 씻을 수 있게 해주세요. 방으로 옮겨주세요. 하다못해, 묶인 끈이라도 좀 풀어주세요. 그러나 수연은 이를 꽉 물고 고개를 저었다.

그가 히죽 웃었다.

잘 보이진 않지만 킁 하고 쏟아진 콧김이 느껴지는 것 같았다. 분명 우월감에 젖은 얼굴로 내려다보고 있겠지. 쏟아진 눈물 때문에 얼굴이 흠뻑 젖었지만 수연은 조용히 숨을 가라앉혔다. 지금 중요한 건 격렬한 증오를 담아 비명을 지르고 날뛰어 그냥 두어도 다가올 비극을 앞당기는 것보다, 순종하는 얼굴로 어떻게든 마지막을 유예시키는 일이었다.

수연은 자신의 몸을 선명히 짓누르고 있는 줄의 감촉을 잊으려 애썼다.

다리에 쥐가 오르는가 싶더니 금세 무감각해졌다. 상상력이 사라진다면 얼마나 좋을까. 가랑이 사이로 다시금 뜨거운 배설물이 흘러나왔다. 어둠 속에서 수연은 다시금 상상과 감각을 증오하기 시작했다.

고백입니까, 닥터

고백하자면 이것은, 나의 아버지에 대한 이야기이다.

닥터 팽이 옳았다. 하지만 틀리기도 했다.
내게 누나 같은 건 없었다. 엄마도 물론 본 적이 없다. 그의 말마따나 나는 서류상으로도 현실상으로도 완벽한 외아들이다.

언젠가 닥터 팽에게 남동생에 대해 언급했지만 그에 대한 이야기는 할 수 없었다. 말하자면 나는 아직, 남동생에 대한 이야기를 상상해내지 못했던 것이다. 조금만 더 시간이 주어졌다면 나는 비보이로 맹활약하다가 손목뼈가 으스러지고 척추가 나가 반신불수가 된 남동생 얘기를 지어냈을지도 모른다. 시간만 충분했다면 말이다.

엄마는 날 낳자마자 죽었다. 나를 키운 건 아버지였다. 아버지는 왜소하고 허약한 사람이었으며, 그에 걸맞게 비굴했다.

닥터 팽은 내 아버지가 상습적인 가정폭력범으로 이 미터쯤 되는 거구나 되는 것처럼 이야기했지만 실제로는 정반대였다. 아버지는 목소리조차 크게 낼 줄 몰랐다. 중얼거리거나 꿈지럭대는 게 할 줄 아는 것의 전부였다. 동그랗게 여문 새가슴을 증명이라도 하듯 작은 일에도 쉽게 놀라 도망쳤다.

한마디로 아버지로서의 위엄 같은 게 전혀 없는 인물이었다.

작고 마른 몸 때문만이 아니라 늘 겁에 질린 것 같은 눈이라든가 축 쳐진 눈썹, 우물쭈물 말하는 얇은 입술, 창백하다 못해 푸른 뺨 같은 것이 그랬다. 팔뚝은 쥐기만 해도 부러질 것처럼 얇았다. 그는 아버지라기보다 형이나 병약한 사촌동생에 더 어울렸다.

엄마는 생전에 굉장히 철두철미했던 모양이었다.

언덕 꼭대기에 있는 달동네 헌 집이긴 했지만 집도 한 칸 마련해놓았고 상당한 금액의 생명보험에도 들어놓았다. 보험금 수혜자는 나였는데, 보험금이 일시에 지불되는 것이 아니라 한 달에 사십만 원씩만 지급되다 내가 스무 살이 된 뒤에야 목돈을 찾을 수 있게끔 설정되어 있었다.

엄마는 이미 알았던 것이다. 목돈을 쥐게 된다고 한들 아버지가 전부 약값으로 날려버릴 거라는 걸.

아버지는 약물중독자였다.

어떤 종류의 약인지는 정확히 모르겠다. 중독성이 그리 높지 않은 싸구려인 것만은 확실하다. 약 때문에 크게 문제를 일으킨 적은 없기 때문이다. 당시에는 한 가지 약으로 정착한 듯했지만 일찍이 환각제 종류는 전부 다 경험해본 듯했다. 아버지 앞니는 부탄가스 꼭지를 끼우기 좋게끔 딱 이 밀리미터 정도 벌어져 있었고, 어금니와 송곳니는 본드에 노랗게 녹아 있었다.

아버지의 주 일거리는 연탄 배달이었다.

연탄가게는 우리 집으로 올라오는 언덕 아래쪽에 있었는데 슈퍼마켓과 함께 우리 동네에서 제일 잘사는 집 중 하나였다. 연탄가게 아저씨는 떡 벌어진 어깨에 팔뚝 근육도 상당했다. 두꺼운 가슴과 배를 가지고 있었지만 출렁거리는 살은 단 한 점도 없었다. 번들대는 이마에 짧은 머리칼을 하고 아무 때나 왁왁 소리를 질러대는 사람이었다. 아저씨가 가게에서 소리를 지르면 언덕 꼭대기 우리 집까지 소리가 들렸다.

연탄가게 아저씨는 우리 아버지의 고등학교 선배라고 했다.

고등학교 시절 인연으로 지금까지 보살펴주는 거라 뻐겼지만 그 말이 크게 틀린 것도 아니었다. 아저씨가 아버지를 고용해준 덕분에 우리 집에는 일정한 수입이 생겼다.

아저씨는 거드름 피우며 아버지를 제집 종 다루듯 부려먹었다. 연탄가게 아저씨야 운동부 출신답게 몸집이 좋았지만 아버지가 그와 같은 운동부 출신이라니 믿어지지 않았다. 나란히 서면 아버지가 연탄가게 아저씨 반 줌밖에 되지 않았다. 어린 내 눈에도 아버지의 얇은 어깨나 형편없이 휘어진 다리가 창피할 정도였다.

고작 그런 몸이었지만, 그게 또 연탄 배달하는 데에는 상당히 유용했다.

당시만 해도 우리 동네 사람들은 전부 연탄을 땠다. 슈퍼마켓 앞에는 빨간 노끈으로 열 개씩 묶은 번개탄이 차곡차곡 쌓여 있었다. 연탄 주문은 대개 이삼십 장씩 들어왔다. 월동 준비를 할 때에는 한 번에 백 장, 이백 장씩 들어오기도 했다.

아버지는 판자 밑바닥이 새까만 리어카에 연탄을 싣고 아저씨와 둘이 언덕을 올랐다. 리어카를 끌 때 아버지는 쟁기 끄는 소처럼 목을 앞으로 쭉 빼고 욕을 먹었다. 언덕에 얼음이라도 얼면 리어카가 사정없이 밀리며 연탄이 눈 위로 퍽퍽 떨어져 깨졌다. 그러면 아버지도 아저씨 발에 퍽퍽 차이며 언덕길을 굴러다녔다.

아버지가 진가를 발휘하는 건 목적지에 도착해서였다.

연탄광은 대개 마당 뒤나 부엌 안쪽, 마루 밑 같은 곳에 숨어 있었다. 우리 집처럼 좁은 면적을 어쩔 수 없이 쪼개 만들었다는 듯 좁고 긴 광을 가진 집도 많았다. 어느 곳이든 연탄가게 아저씨가 연탄을 끌어안고 드나들기엔 무리인 곳이었다.

반밖에 열리지 않는 부엌 뒷문과 좁은 마당길, 벽과 담 사이 얇은 틈을 아버지는 잘도 쑤시고 다녔다. 입구가 좀 넓은 곳에선 등 지게로 연탄을 날랐지만, 사람 하나 겨우 빠져나올 만한 곳에서는 연탄집게를 들고 네 장씩 일일이 손으로 날랐다.

아버지는 담벼락 속으로 스며드는 것처럼 사라졌다가 금세 창백한 얼굴을 끄집어내곤 했다.

일손이 달릴 때면 연탄가게 아저씨는 나를 윽박질러 아버지 뒤에 붙였다. 아버지가 능숙하게 어두운 광 안을 누비며 연탄을 착착 쌓고 있을 때 나는 깨뜨려먹은 연탄을 정렬된 기둥 뒤에 숨기느라 바빴다. 이백 장 중 열한 장의 연탄을 깨뜨리고 나자 아저씨는 나를 부리는 걸 그만뒀다.

아버지는 내가 있든 없든 날랜 몸놀림으로 벽 뒤와 마루

아래로 쑥쑥 스며들어갔다. 벽 사이로 사라져버린 아버지는 영영 돌아오지 않을 사람처럼 보였다. 하지만 한 숨 두 숨이 지나면 어김없이, 그 창백하고 푸른 뺨을 내밀고야 마는 것이었다.

—어디 가서 쥐도 새도 모르게 뒈질 얼굴을 하고는.

연탄가게 아저씨는 아버지의 창백한 얼굴과 구부정한 어깨를 볼 때마다 투덜거렸다.

—사내새끼 얼굴이 저렇게 궁핍하게 생겨먹어도 문제야. 하관이 누가 빨아먹은 것처럼 쪽 뽑혔으니 거기 무슨 복이 고이겠어. 마누라는 벌써 뒈졌지, 약에 절어 이깟 리어카도 제대로 못 밀지, 이게 다 저 빌어먹을 관상 때문이라니까.

—야야, 너 정신 똑똑히 챙겨라. 니 애비는 길 가다 픽 쓰러져 죽어도 하나도 이상할 게 없으니까. 저거 뒈지면 니가 니 살길 찾아야지. 넌 그래도 이마가 훤하니 니 애비보다야 잘 살 거다. 약이라고는 감기약도 손대지 마라, 너.

연탄가게 아저씨 험담에 관계없이 연탄 배달은 아버지 천직으로 보였다. 아버지는 달달 떨리는 손으로 밤이고 새벽이고 연탄을 날랐다.

그러나 연탄 배달로 평생 먹고살 수는 없었다.

연탄의 종말은 의외로 빨리 왔다. 사람들이 재빠르게 기름보일러와 가스보일러로 난방장치를 교체하기 시작했던 것이다. 새벽마다 연탄 갈 필요 없이 숙면을 취할 수 있는 데다 깨진 아궁이로 새는 가스를 두려워하지 않아도 되고, 성가신 연탄재 뒤처리도 없는 보일러는 내가 보기에도 매혹적이었다. 게다가 뜨거운 물도 펑펑 나온다니!

텔레비전에 보일러 광고가 늘어갈수록 눈 쌓인 길에 내놓고 발로 퍽퍽 깨부숴 쓰던 살구색 연탄재는 점점 더 보기 힘들어졌다. 아버지가 바닥이 새까만 리어카를 끌고 나가는 일도 눈에 띄게 줄어들었다. 한가하고 배고픈 겨울이었다.

연탄가게 아저씨는 재빠르게 얼음집으로 간판을 바꿔 달았다.

얼음집에서 아버지가 할 수 있는 일은 아무것도 없었다. 연탄가게, 아니 이제 얼음집 주인이 된 아저씨는 몇십 년은 그 일을 해왔다는 듯 능숙하게 얼음을 옮겼다. 아버지는 그 밑에 깔리지나 않으면 다행이었다. 아버지가 옮길 수 있는 건 생선 아래 까는 얇고 긴 얼음판 정도였다. 아버지는 얼음에 발가락 세 개를 뭉갠 뒤에야 아저씨에게서 벗어났다.

―굴뚝 청소나 배워야 되지 않겠냐.

얼음집 아저씨가 이죽거리며 아버지 등을 퍽퍽 쳤다.

아버지는 그 말을 진심으로 받아들였다. 이리저리 굴뚝 청소를 알아보고 그 일이 생각보다 수요가 적다는 걸 깨닫고 난 뒤에야 마음을 접었을 정도였다.

우리 집은 동네에서 제일 늦게까지 연탄을 땠다.

가스보일러로 바꿀 만한 돈이 없어서이기도 했지만, 우리 집 연탄광과 마당에 연탄이 차고 넘치기 때문이기도 했다. 아저씨는 아버지 석 달 치 월급을 전부 연탄으로 지불했다. 얼음집으로 개조하면서 팔리지 않은 연탄을 떠넘긴 것에 불과했지만 아버지는 그것을 진심으로 고마워했다.

우리 집 연탄광은 그야말로 좁아서 연탄 삼백 장 들어가는 게 최대였다. 남은 육백오십 장의 연탄이 고스란히 마당에 쌓였다. 열흘쯤 지나자 겉에 있는 연탄들이 퍼석퍼석 깨져나가기 시작했다. 현관문을 쾅 닫으면 꼭대기에 놓인 연탄이 하나 둘 굴러 떨어져 박살이 나기도 했다.

아버지는 고민 끝에 방 하나를 비웠다. 바닥과 벽에 〈벼룩시장〉을 두껍게 깔고는 연탄을 차곡차곡 방으로 옮겼다. 그것이 아버지의 마지막 연탄 배달이었다.

아버지와 함께 방을 쓰게 되면서 나는 쑥쑥 자랐다.

원래도 나는 아버지보다 몸집이 좋았다. 그게 순식간에 아버지 두 배쯤으로 불어난 것이었다. 불어난 나는 아버지보다 얼음집 아저씨와 많이 닮아 있었다. 두껍고 떡 벌어진 어깨나 네모진 등, 길이는 짧지만 근육이 단단히 박인 다리통 같은 것이 그랬다.

중학생이 되면서 머리를 짧게 깎고 나자 동네 사람들은 급기야 얼음집 아저씨와 나를 혼동하기 시작했다. 저물녘이면 특히 아저씨 이름을 부르며 나를 불러 세우는 사람이 많았다. 겸연쩍게 웃어넘기던 동네 사람들이 슬슬 뒤에 모여 수군거리기 시작했다. 대개 죽어버린 엄마와 아저씨에 대한 추문이었다.

나는 아버지가 그랬던 것처럼 운동부에 들어갔다.

딱히 종목이 없는 운동부였다. 합동체육부, 라는 클럽명이 있었지만 주 종목은 불분명했다. 열심히 축구를 하다가 어느 날은 단거리 달리기를 하고 비가 오면 체육관 뒤에 모여 싸움질을 하는 식이었다. 고문 선생님은 육십이 훨씬 넘은 할아버지였다. 툭하면 관절과 턱이 아파 병원에 입원하는 노인네에게 조언을 구하는 부원은 없었다. 때문에 제대로 경기에 나가본 적도 없는 주제에 선후배 서열만은 질리도록 엄격했다.

나는 그 속에서 수많은 관계들을 보았다.

대부분 우리 아버지와 얼음집 아저씨 관계와 흡사한 것들이었다. 거드름 피우는 선배와 고개를 수그린 채 질질 끌려다니는 후배. 쓰지도 못할 콘돔을 약국에서 훔쳐오거나 문방구 잔돈을 털어오는 일, 실내화 콧등에 거울을 붙이고 선생님 치마 속을 비추는 일 따위가 강요되었다. 성공해도 실패해도 얻어맞는 건 똑같았다.

나는 두 달도 못 가 운동부를 뛰쳐나왔다. 선배들이 집요하게 집까지 찾아와 협박했다. 그들과 마주치지 않으려고 나는 밖을 떠돌다 한밤중에야 집에 돌아왔다. 학교를 아예 쉬어버리는 일도 많았다. 그런 날이 계속되자 선배들은 나 대신 아버지를 붙잡아 두들겨 패기 시작했다.

—얼마나 더 찾아온대냐?

찢어진 입술 때문에 끓인 밥을 먹으며 아버지가 물었다.

연탄가루가 밥상에까지 붙어 있었다. 아버지는 그릇에 까맣게 내려앉은 연탄가루를 훌훌 불어 넘긴 뒤 숭늉을 마셨다. 선배들은 아빠를 적당히 두들긴 다음 방으로 들어가 연탄을 꺼내왔다. 축구공 차듯 마당에다 퍽퍽 차 넣는 통에 깨진 연탄가루가 집 안에 그득했다. 바닥은 물론이고 벽이며 천장에까지 연탄 검댕 안 묻은 곳이 없었다. 그새 방에 쌓여 있던 연탄이 절반으로 줄어 있었다.

—또 맞을까 봐 무서워?

─아니, 그건 아닌데.

아버지가 우물쭈물 대꾸했다.

─얼마나 더 맞으면 니가 그 운동부에서 나오나 싶어서.

─벌써 나왔어.

─완전히 말이야. 걔들이 손도 안 댈 만큼 완전히. 이렇게 해서 그만둘 수만 있다면야 다행이지 않겠냐.

한 달 정도 지나자 선배들은 흥이 깨졌는지 더 이상 집에 찾아오지 않았다. 실제로 학교나 거리에서 마주쳐도 나를 패는 일은 거의 없었다. 만만한 아저씨 하나 손봐주는 기분으로 우리 집에 다녔는지도 몰랐다.

말은 안 했지만 아버지는 선배들에게 돈도 꽤 집어준 눈치였다. 아버지에게 질렸는지 더 이상 깨부술 연탄이 없었는지 선배들은 거짓말처럼 발을 뚝 끊었다.

─그놈들이 그래도 사람 말귀는 알아먹는 모양이다.

아버지가 안도의 숨을 내쉬었다.

사실 나 말고 운동부를 그만둔 후배가 둘이나 더 생겨 그 애들 잡느라 바쁜 것뿐이라는 말을 나는 굳이 하지 않았다. 아버지가 노동의 대가로 받은 연탄들이 마당에 처치 곤란한 쓰레기가 되어 나뒹구는 것도 나는 애써 못 본 척했다.

아버지는 점점 더 작아지는 듯했다.

말소리도 줄어들고 팔다리는 전보다 더 깡말라 있었다. 옷을 갈아입을 때 보면 등에 갈비뼈 모양이 선명했다. 바지허리가 튀어나온 골반뼈에 겨우 걸려 있었다.

 아버지는 손을 덜덜 떨고 토할 것처럼 기침을 해대면서도 약을 끊지 못했다. 약을 먹은 뒤엔 간질 환자처럼 경련하다 잠이 들었다. 아니, 실제로 잠이 드는 건지 기절하는 건지 알 수가 없었다. 아버지는 사지를 늘어뜨리고 눈을 까뒤집은 채 좀처럼 움직이지 않았다.

 그런 상태로 새 일을 구하는 건 도무지 불가능해 보였다.

 아버지 얼굴과 몸에는 병색이 완연했다. 오랜 약물 복용이 할퀴고 지나간 흔적은 어떻게 해도 지워지지 않았다. 오히려 더욱 거대해지고 노골적으로 변해갔다. 선배들에게 맞은 멍도 한 달이 넘도록 사라지지 않고 있었다. 그사이 또 다른 곳에서 얻어맞고 온 건지도 몰랐다.

 아버지는 퍼렇게 멍든 얼굴로 면접을 보러 다녔다.

 ─경력이나 특기 사항이 있으십니까?

 고용주가 물으면 아버지는 한참 고민하다 대답했다.

 ─저, 제가 점프를 좀 하는데요.

 ─뭐요?

 ─점프. 점프요. 그 왜, 철봉 짚고 펄쩍 뛰는 거 있잖습니까.

그제야 나는 아버지가 운동부에서 했던 것이 높이뛰기였다는 걸 알았다.

―제가 왕년에 점프는 기가 막히게 했었는데요.

아버지가 왕년에를 꺼내면 고용주는 반드시 손을 저어 아버지를 내보냈다. 식당에 전화해서도 공공근로 모집에 참가해서도 마을버스 운전기사 면접을 볼 때에도 아버지는 끊임없이 점프에 대해 말했다.

―점프요? 그 아무짝에도 쓸모없는걸 뭐.

고용주의 핀잔에 아버지는 잔뜩 풀이 죽었다. 그렇다고 점프 얘기를 안 하는 것도 아니었다. 아버지는 더 열을 올려 점프에 대해 설명했다. 이력서 특기란에도 점프, 라고 써넣었다.

점프, 점프라니.

적어도 십 년 넘게 파묻어두었을 점프를, 왜 하필 지금 들먹이는지 모를 일이었다. 그전까지는 점프에 대해 얘기했던 적이 한 번도 없었다. 그런데 왜 하필이면 지금.

―이래 봬도 우리 학교에선 내가 제일 높이 뛸 줄 알았다.

아버지가 주먹 쥔 손을 가슴께에 끌어다 붙인 채 도움닫기를 하면서 말했다. 아버지 실직은 터무니없을 정도로 길어지고 있었다. 운동부를 그만둔 뒤 나는 스스로 방황을 끝내고 공부에 몰두했다. 저거 뒈지면 니가 니 살 길 찾아야지. 얼음집 아저씨가 했던 말이 어째서인지 머릿속을 맴맴 돌았다.

뒤늦게 시작한 공부라 해야 할 일이 너무 많았다. 일 분 일 초가 아쉬운 내게 입에서 썩은 내를 풍기는 아버지의 왕년에 타령이 달가울 리 없었다.

— 점프, 그 아무짝에도 쓸모없는 거.

내가 말하면 아버지는 더 열심히 도움닫기를 하며 말했다.

— 야아, 그렇게 말하지 마라. 점프라는 게 말은 쉬워도 아무나 하는 게 아니다. 무작정 뛴다고 그게 다 점프냐. 그건 아니란 말이지. 그건 스포츠야. 스포츠란 건 말이다, 선이 아름다운 거다. 축구 선수가 축구공을 아무렇게나 뻥 차는 것 같아도 다리를 보면, 선이 얼마나 이쁘게 그려지는지 모른다. 점프도 마냥 뛰어서는 그런 선이 안 나와.

— 무슨 말이 하고 싶은데? 나 공부하는 거 안 보여?

— 그러니까 말이다.

아버지가 약 한 알을 입에 넣고 오독오독 씹었다. 주눅 들지 않고, 더듬거리지도 않고 말할 때는 점프에 취해 있거나 약에 절어 있을 때뿐이었다.

— 그 스포츠라는 게 참, 아름다운 거라는 거지.

— 난 스포츠랑 상관없어. 공부해서 대학 갈 거야.

— 그래.

―대학 가서 교사나 의사 같은 거 될 거야. 스포츠랑은 전혀 상관없는 거.
―그래. 그것도 좋지.
―그러니까 얼빠진 소리 하지 말고 돈이나 벌어와. 대학 가려면 돈 많이 든단 말이야.

얼음집 아저씨가 뇌졸중으로 쓰러졌다.
나는 가슴이 서늘해지는 것을 느꼈다. 애써 무관심한 척해 왔지만 사실 마음 한구석으로는 내 아버지가 얼음집 아저씨인 건 아닐까 의심하고 있었던 것이다. 아버지는 갑자기 개과천선이라도 한 것처럼 일에 몰두했다.
당시 아버지가 하던 일은 면봉과 이쑤시개를 파는 일이었다.
면봉과 이쑤시개는 부피가 작은 데다 가벼워 아버지도 충분히 들고 다니며 팔 수 있었다. 아버지는 지하철이나 버스 안에서 그것들을 팔았다. 단속이 심한 날에는 육차선 도로가 있는 육교 아래 자리를 잡고 면봉을 팔기도 했다. 면봉은 이백 개짜리 묶음이 천 원, 이쑤시개와 이백오십 개씩 묶여 있는 것이 이천 원이었다.
사는 사람이 있기는 한 건지 내가 볼 때마다 아버지는 멍하니 육차선 도로를 오가는 차들을 바라보고 있었다. 그러나 이때만큼은 어쩐지 힘이 넘쳐서, 자리에 앉아 쉬는 법도 없이 면봉이요, 참나무를 쪼개 만든 이쑤시개가 천 원이요, 를 외치고 다녔다.

참나무로 만들었다는 건 물론 거짓말이었다.

아버지는 심지어 약도 끊었다. 밤마다 뛰쳐나가 구역질하던 버릇도 사라진 듯했다. 아버지는 비위가 약해서라고 말했지만 이미 망가질 대로 망가진 몸이 더 이상 약을 이겨낼 수 없게 되었음이 뻔했다.

―그 사람이 없어도 난 괜찮다.

아버지가 어느 날 저녁 식탁에 앉아 뜬금없이 입을 뗐다.

―이제 약도 끊었고. 그 사람이 죽더라도 난 괜찮다.

아버지는 대단한 결심이라도 했다는 듯 말하며 커다랗게 입을 벌려 밥을 먹었다. 백태 낀 혀와 샛노랗게 녹은 어금니 위로 밥알이 사정없이 부서졌다.

나는 그만 수저를 내려놓았다.

아버지는 끝까지 구제불능이었다. 약을 끊겠다는 결심조차 자의로 하지 못했던 것이다. 하지만 그보다 더 충격이었던 건 아버지의 약물 공급책이 아저씨였다는 사실이었다.

항상 의아하긴 했었다. 친하게 지내는 사람도 왕래하는 친

척도 없는 아버지가 어떻게 떨어지는 일 없이 약을 상비할 수 있었는지. 부러 약을 사러 나가는 일도 없었다. 약은 항상 아버지 주머니 안이나 안방 서랍 안에 있었다. 화수분이 아닌 이상 공급책은 아버지 주변인이 맞았다.

나는 아저씨가 선후배 서열을 빌미로 아버지를 제멋대로 부리고 있다고 생각해왔지만 실제로는 그게 아니었다. 아버지는 약 때문에라도 아저씨에게 저자세일 수밖에 없었다. 아버지는 더 이상 가엾은 피해자가 아니라 비굴한 패배자였다. 피어오르는 것이 아버지에 대한 혐오감인지 약에 찌든 아버지를 힐책하던 아저씨의 뻔뻔스러움에 대한 증오인지 가늠할 수 없었다.

—약이, 있으면 어쩔 건데?

—없어. 이젠 안 먹는다.

—그러니까 있으면 어쩔 거냐고.

—안 먹는다. 정말이야. 나는 다시,

—다시?

—다시, 점프를 할란다. 그때는 시 대회를 앞두고 가스 불던 게 걸려서 출전 정지를 먹었지만 말이다. 그 뒤로 일이 요상하게 꼬여서 엉망이 됐지만 그래도 지금은 다르다.

—가스도 불었어?

―옛날 일이다. 너만큼 어렸을 때.

―그렇게 늙어서 점프는 무슨 점프야. 똑바로 걸어 다니지도 못하면서.

―이제는 다르다. 나는 똑바로 점프할 수 있어. 너도 보면 놀랄 거다. 장대를 뛰어넘을 때 내 선이 얼마나 이쁜지.

아버지는 그렇게 말하고 물에 푹 끓인 밥을 반 그릇 더 먹은 뒤 폐지를 주우러 나갔다. 바닥이 새까만 리어카는 아저씨가 선심 쓰듯 내준 것이었다. 아버지는 면봉 파는 일 외에도 동네 가게나 공장 근처를 쑤석거리며 폐휴지를 주워다 팔았다.

나는 얼음집에 숨어들었다.

얼음집이 비어 있다는 것은 오래전부터 알고 있었다. 아저씨가 병원에 입원한 뒤 얼음집을 운영할 사람이 아무도 없었던 것이다. 얼음집 제일 안쪽에 안채와 연결된 문이 있었는데, 가게를 닫으면서 그 문도 같이 잠겼다.

아저씨의 젊은 아내와 스물두 살 먹은 딸은 벌써 오 년 전에 중국으로 떠났다. 아저씨가 뇌졸중으로 쓰러진 사실조차 모르는 것 같았다. 동네 사람들은 여자가 중국에서 재가해 대규모 중화요리 체인점 사모님이 됐다고 떠들어댔지만 사실인지 아닌지 알 수 없었다. 다만 딸이 중국인 기업가와 결혼한 것만은 사실이었다.

아저씨는 전문 간병인을 샀다. 처음엔 아저씨 누나가 병원에 와 있었지만 입원이 길어지자 간병인을 구해놓고 돌아갔다. 퇴원했다는 소린 아직 듣지 못했다.

나는 조심스럽게 얼음집으로 들어갔다. 전원이 꺼진 얼음창고는 흐린 물자국만 남아 있었다. 일꾼들이 갈고리 달린 막대를 휘둘러 얼음을 잡아 이리저리 끌고 다니던 모습이 아릿하게 떠올랐다.

안채로 들어가는 문은 열려 있었다.

나는 얼른 신발장을 살폈다. 일부러 치우기라도 한 것처럼 신발장과 현관 앞은 깨끗이 비어 있었다. 신발을 벗을까 말까 고민하다 그냥 신기로 했다. 마루와 물건들에 새하얗게 내려앉은 먼지더께 때문이었다.

딱히 뭔가를 찾으러 들어간 것은 아니었다. 그저 한번 둘러보고 싶은 것뿐이었다. 아저씨는 아버지와 내가 있을 때 안채로 들어가는 문을 꽉 틀어 잠근 채 한 번도 열어주지 않았다. 나중에 들어온 얼음 창고 일꾼들이 그 집에서 밥도 먹고 낮잠도 자고 했던 것에 비하면 이상할 정도의 차별이었다.

아저씨가 아버지와 내게 숨겨야만 했던 것은 과연 무엇이었을까.

나는 오랫동안 이 문 안에 내 엄마가 살고 있을지 모른다는 생각을 했었다. 어리석고 한심하기 짝이 없지만, 나는 정말 그렇게 생각했다. 문을 열고 들어가기만 하면 엄마가 노란 녹두부침개를 지지고 있다가 기름투성이 손으로 달려와 나를 끌어안을 것이라 믿었다.

문을 가로막고 있던 아저씨가 사라진 지금이 엄마를 만날 수 있는 유일한 기회였다. 나는 눈에 잔뜩 힘을 주고 부엌을 살폈다. 동화 같은 바람은 물론 이루어지지 않았다. 텅 빈 부엌은 냉기마저 흘렀다.

방 두개에 거실, 부엌, 화장실. 구조로만 보면 우리 집과 똑같았다. 활짝 열린 방문 안쪽에 장롱과 텔레비전이 있는 걸 보면 맞은편에 있는 꽉 닫힌 방문이 작은방인 모양이었다. 거실은 두 개의 방을 잇는 정사각형 모양으로 그 끝이 나무로 된 짧은 마루와 이어져 있었다. 마루보다 한 칸 낮은 부엌. 시멘트가 발라진 마당. 우리 집과 다른 게 있다면 전체적인 집 크기와 집 안을 채우고 있는 크고 작은 물건들이었다.

안방 텔레비전 옆에 놓인 새까만 전축과 어린애 하나는 너끈히 들어갈 만한 크기의 스피커를 나는 넋 놓고 바라보았.

세탁과 탈수가 동시에 되는 최신식 세탁기와 불붙는 칸이

네 개나 되는 가스레인지, 부엌 벽을 감싸고 있는 희고 반짝반짝한 코팅 타일. 꼭대기가 보이지 않는 냉장고—우리 집 냉장고는 내 키보다 더 작았다—는 텅 비어 있었지만 문을 열었을 때 쏟아지는 냉기만으로도 충분히 압도적이었다.

나는 냉장고에서 얼음통을 뽑았다.

투명한 사각얼음이 꽉 차 있을 거란 기대와 달리 얼음통은 좀 기묘한 것을 담고 있었다. 왜 하필이면 얼음통을 열어봤을까. 스스로도 이해하기 힘든 행동이었지만 무의식적으로 얼음의 흔적을 찾고 있었던 게 아닐까 싶다. 아저씨가 여전히 연탄가게를 하고 있었다면 나는 틀림없이 연탄광을 뒤져보았을 것이다.

얼음통 안에는 비닐 덩어리가 가득 차 있었다.

풀어보니 정사각형 모양으로 자른 비닐랩이었다. 랩 하나마다 정확히 다섯 개의 알약이 들어 있었다. 나는 얼음통에 있는 알약을 모두 주머니에 털어 넣었다. 반찬통과 커피잔 안에서도 비슷한 모양으로 돌돌 말린 약을 찾을 수 있었다. 내 주머니가 금세 불룩해졌다.

확실히 나는 그 약을 알고 있었다. 아버지 서랍 속에 항상 들어 있던, 아스피린이라면서 아버지가 수시로 씹어 먹던 그 약들. 어릴 적에는 그 약을 정말 아스피린이라고 생각하고 종종 꺼내 먹었다. 종종이 아니라 늘이었던가.

매끈한 알약이 어금니에 갈리는 순간 입안에 퍼지는 쓴맛이라든가 거대한 모래벌판으로 변해버린 세상이 눈을 돌릴 때마다 바스락바스락 쏟아져 내려 급기야는 텅 비어버리던 것에 대한 공포가 아직도 선연하게 남아 있었다.

나는 더 이상 참지 못하고 랩을 풀어 알약 하나를 씹어 먹었다. 방 안에서 짐승 소리 비슷한 것이 들린 것은 그 순간이었다.

나는 얼음집 아저씨가 새끼 고양이를 얼음 창고에 가둬 죽이는 걸 본 적이 있다.

처음엔 순전히 우연이었는데 그 뒤로도 서너 번 더 목격한 걸 보면 아저씨에게는 결코 우연이 아니었음이 분명하다. 두 마리의 커다란 도둑고양이를 죽이는 것도 봤지만 선명하게 기억하고 있는 건 손바닥만큼 작은 새끼 고양이였다.

―괭이는예, 그렇게 막 다루면 안 됩니더. 그래 봬도 영물 아입니꺼.

―영물은 개뿔. 어느 나라 영물이 쓰레기통 뒤져 먹으며 사냐.

―그렇게 씨까만 괭이는, 지 죽인 놈 찾아가 복수한다캅

디더.

—복수는 개뿔, 야, 너 지금 나한테 놈이라 그랬냐?

고양이처럼 새까맣고 키 작은 일꾼 하나만 아저씨를 말렸다.

어딘가의 시골에서 같이 살던 할머니가 죽어버린 뒤 홀로 상경한 사람이었다. 같이 일하는 사람들도 촌닭 일꾼이라고 그를 무시했다. 새끼 고양이가 왔을 때도 촌닭 일꾼을 제외한 대부분이 큰 소리를 내며 재미있어했다.

새끼 고양이는 일꾼 중 하나가 부러 잡아다 아저씨에게 준 것이었다. 아저씨는 고양이 머리를 쓰다듬어주며 기뻐했다.

—영물을 글케 다루면 벌 받심더.

—누구, 니가 글케 밤마다 찾는 하느님 아부지한테? 저 새끼, 딸딸이 칠 때도 아부지, 아부지 하면서 친다니까요. 새끼, 아부지로 딸잡는 주제에 똑바른 척은.

고양이를 잡아온 일꾼이 킬킬 웃었다.

아저씨는 새끼 고양이에게 얼음을 먹이며 한참 데리고 놀았다. 차가운 얼음에 진저리를 치면서도 혀를 날름거리는 게 귀엽다고 쓰다듬어주기도 했다. 그러고는 점심시간이 끝나자 그전의 고양이들에게 그랬던 것처럼 새끼 고양이를 급속냉동실에 넣어버렸다.

고양이는 두 시간가량을 끈덕지게 살아 있었다.

조금 열린 문으로 울부짖는 소리가 들려왔다. 마침내 혀가 얼어 목구멍을 틀어막은 것 같은 기괴한 신음이 울리자 아저씨는 냉동실 문을 열었다. 철벽을 긁다 빠진 송곳니 모양의 고양이 발톱이 여기저기 흩어져 있었다. 아저씨가 빳빳하게 언 고양이를 냉동실에서 꺼냈다. 그러고는 번쩍 위로 쳐들었다.

바닥에 내리쳐진 고양이가 딱 소리를 내며 깨졌다. 뚝뚝 부러진 다리와 꼬리가 사방으로 퍼지자 아저씨와 일꾼들이 일제히 소리 높여 웃었다.

고양이의 울부짖음만큼이나 섬뜩하고 음산한 웃음소리였다.

그 신음이, 얼어붙은 혀가 목구멍을 틀어막은 것 같은 음산한 신음이 아저씨네 작은방에서 들려오고 있었다.

나는 딱딱하게 굳었다.

당연히 비어 있으리란 생각에 사람이 있는지 확인조차 안 했던 것이다. 아저씨가 벌써 퇴원했다는 소린 듣지 못했다. 하지만 모를 일이었다. 동네를 떠도는 소문이란 엇비슷한 경우까진 있어도 완전히 들어맞는 경우는 없었다. 때에 따라서는 전혀 얼토당토않은 소문이 떠돌기도 했으니 대부분 헛소문이라는 게 옳을지도 몰랐다.

아저씨가 벌써 퇴원했다면 간병인도 함께 있을 텐데.

그러나 누군가가 살고 있다고 하기엔 집이 너무 싸늘했다. 발자국이라곤 전혀 없이 마루를 덮은 먼지더께와 물기 없는 부엌은 또 어떤가. 나는 훔친 약으로 불룩해진 주머니를 내려다보았다. 약간의 호기심과 왠지 모를 분노가 두려움과 죄책감을 짓밟고 있었다.

나는 작은방을 향해 천천히 걸어갔다.

아저씨는 작은방 한가운데 덩그러니 놓여 있었다. 그것은 누워 있다거나 쉬고 있다기보다 그냥 '놓여 있다'고 하는 게 맞았다. 두꺼운 이불이 아저씨 턱 바로 밑까지 끌어 올려져 있었다. 이불 위로 뻣뻣하게 사방으로 뻗친 수염들이 눈에 띄었다. 내 머리에 솟아 있는 털과 흡사한, 새까맣고 두꺼운 일자수염이었다.

아저씨는 뿌리등걸처럼 바닥에 박힌 채 눈알만 조금 굴려 나를 쳐다봤다. 벌어진 입가로 침이 질질 흘러내렸다.

—간병인은요, 아저씨?

아저씨가 눈알을 좌우로 뒤룩뒤룩 굴렸다.

—아아, 도망갔구나. 아저씰 내버려두고 도망간 거죠?

―우으, 으

―아저씨도 참 운이 없네요. 마음대로 들어온 건 죄송해요. 이제 나가려던 참이었으니 너무 화내진 마세요.

―아으, 우! 우!

―왜요, 가지 말까요? 아저씨가 부탁한다면 좀 도와드릴 수도 있어요. 봐요, 내 등. 상당히 넓죠? 아저씨도 업을 수 있을 만큼.

―나 말예요, 아저씨 닮았단 얘길 많이 들어요. 우리 아버지는 등도 이렇게 넓지 않고 키도 작잖아요. 아, 혹시 엄마가 키가 컸으려나.

―아저씬 알죠, 우리 엄마.

아저씨가 핏발 선 눈을 꾹 감았다 떴다. 대답을 하는 건지 단순히 깜빡이는 건지 모르겠어서 나는 한참 그를 바라보며 서 있었다. 슬슬 아버지가 폐휴지를 팔고 돌아올 시간이었다.

밖은 상당히 어두워져 있었다. 최근 재개발 심사에서 떨어진 뒤 집을 버리고 떠난 사람이 많아 해가 조금만 기울어도 동네가 캄캄하고 적막했다.

―아으으, 우우

―왜요. 혼자 있기 싫어요?

―지금까지 얼마나 오래 혼자 있었죠? 아저씨 수염이 이

렇게 길어졌을 정도니 꽤 오래였나 봐요. 안됐네요.

―내가, 도와줄 수도 있어요.

아저씨 눈에 순간적으로 번쩍이는 빛을 나는 놓치지 않았다. 눈곱투성이에 진물이 흐르는 눈으로도 그런 빛을 낼 수 있다니. 좀 복잡한 기분이었다. 내가 무슨 말을 하고 있는지 스스로도 잘 이해할 수 없었다. 단지 내 입을 빌려서 소리로 변했을 뿐인 단어들이 꿈틀꿈틀 제멋대로 빠져나가고 있었다.

―원한다면 아저씨를 업고 우리 집까지 가줄게요. 돌봐주겠단 얘긴 아니지만.

나는 주머니에서 비닐에 싸인 약 한 알을 더 꺼냈다. 한 알, 또 한 알을 꺼내 입에 넣고 우둑우둑 씹었다. 머리가 핑 돌고 입에서 뜨거운 김이 쏟아졌다. 아저씨는 눈동자를 빠르게 굴리며 떠들어대고 있었지만 어쩐 일인지 소리는 전혀 들리지 않았다. 나는 낮게 구역질하며 아저씨를 둘러업었다.

아저씨는 우리 집 연탄광에 눕혀졌다.

딱히 다른 장소가 생각나지 않았을 뿐이었다. 방은 두 개였다. 하나는 연탄가루 범벅이 된 채 아직도 백여 장의 연탄이 굴러다니고 있었고 다른 하나는 아버지와 내가 쓰고 있었다. 아저씨는 연탄광으로 충분해. 나는 그렇게 생각했다.

집 안에 약 무더기를 숨길 만한 장소가 마땅치 않아 아저씨와 함께 연탄광에 두었다. 아저씨는 잠을 잘 못 자는 눈치였다. 생각날 때마다 약을 하나씩 입안에 까 넣어주면 크게 싫은 내색은 하지 않았다.

아저씨는 똥오줌을 싸고 가끔 때 아닌 발기도 하면서 끈질기게 살아남았다. 냉동고의 새끼 고양이처럼 숨찬 신음소리도 가끔 내질렀다. 한동안 나는 연탄광에 뻔질나게 드나들며 시간을 보냈다. 문제는 그게 한동안에 불과하다는 데 있었지만.

아무리 기다려도 아저씨 실종 신고를 내는 사람이 없었다. 게다가,

나는 점점 아저씨에게 질려가고 있었다.

우유나 삼각김밥 먹이는 일도 귀찮았고 배설물 냄새는 역겨웠다. 연탄광에서 굴러다니는 아저씨를 봐도 더 이상 통쾌하지 않았다. 재미, 호기심, 사소한 복수심마저 사라지고 나자 연탄광의 아저씨는 이제 더없이 귀찮고 추저분한 존재로 전락했다. 하는 수 없이 나는,

아저씨의 존재를 깨끗이 잊어버리기로 결심했다.

✦

―시멘트는?

 급작스레 떠오른 닥터 팽 얼굴에 나는 기절할 만큼 놀랐다. 닥터 팽이 거대한 달걀 모양을 하고 내 무릎 위에 있었다. 무릎에 얹어진 무게감만 아니면 달걀 모양 풍선이라고 착각할 정도로 가벼운 모양새였다. 부릅뜬 눈에 여전히 뻗친 수염을 하고, 닥터 팽은 둥근 몸을 흔들며 다시 한 번 물었다. 움직일 때마다 닥터 팽 몸 안에서 출렁출렁 물 부딪는 소리가 들려왔다.

―시멘트는 누가 발랐지?

―시멘트?

―시멘트를 발랐잖아. 아저씨를 구겨 넣고 판자를 댄 다음, 그 속을 시멘트로 채웠잖아. 나는 다 알고 있어, 자네 집 연탄광이 왜 그렇게 작아졌는지. 예전에도 좁기는 했지만 길었지. 아주 길었어.

―무슨 소리야. 시멘트 같은 거 난 몰라.

―분명히 시멘트를 부었어. 자네 집 연탄광에 왜 이제는 연탄이 백 장밖에 안 들어가는 줄 아나? 이백 개가 들어갈 자리에 아저씨가 있기 때문이지. 자네는 앨런 포를 알고 있어.

「검은 고양이」를 읽었지. 고양이가 복수할 거란 촌닭 일꾼의 말도 믿고 있었어. 그래서였나? 그래서 시멘트를 부었어? 자네는 단순하군. 단순하고 유치해.

—난 모르는 일이야. 시멘트 바르는 법도 모른다고.

—바른 게 아니야. 모래와 섞어 잘 갠 시멘트를 판자 안에 부었지. 아주 깨끗하게 벽이 생겼어. 자네가 집 철거를 미루는 건 그 안에 뭐가 들었는지 알기 때문이야. 안 그런가? 자네는 알고 있지, 자네 집 연탄광 안에, 그 시멘트 덩어리 안에 들어 있는 게 뭔지.

—아니야, 난 몰라, 모른다고!

나는 벌떡 일어났다.

무릎 위에서 소리치던 닥터 팽이 바닥으로 굴러떨어지면서 그대로 산산조각 나버렸다. 살구색이던 얼굴이 핏빛으로 변해 반짝거렸다. 눈알을 찌르는 것처럼 날카로운 빛이었다.

—시멘트를 바른 게 자네가 아니다. 그럼, 자네 아버지인가?

시멘트 바닥으로 스며들어가면서, 닥터 팽이 마지막으로 입을 놀렸다.

수연 #4

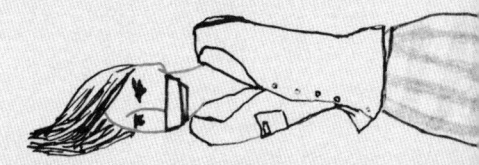

그런 날을 꿈꾸었던 건 사실이다.

어지러운 발걸음 소리와 함께 쏟아져 들어오는 빛, 괜찮냐고 물어오는 따뜻한 목소리, 들것에 실려 밖으로 나가면서 맞닥뜨릴 건조하고 바삭바삭한 공기. 그러나 수연은 의식적으로 그런 상상들에게서 자신을 멀리 떼어놓았었다. 기약할 수 없는 상상은 절망만을 가져다주기 때문이었다. 그런데 지금,

바로 그 상상이 실현되고 있었다!

물론 상상과 실제는 상당 부분 달랐다. 목표 지점을 알고 있다는 듯 망설임 없이 뛰어들어오는 발소리는 없었다. 경계심으로 바짝 굳어 뒤꿈치를 질질 끄는 걸음이 하나, 날래고

소리도 없지만 두리번거리는 기색이 역력한 걸음이 또 하나.

―주, 죽었나?

누군가에게 묻는 겁에 질린 목소리. 몸 어딘가를 가볍게 건드리는 발끝. 뛰쳐나가는 발소리와 토악질 소리. 발견된 지 한참이 지나도록 여전히 축축하고 차가운 바닥에 널브러져 있는 자신의 몸 같은 것이 그랬다.

―우욱. 냄새 엄청난데요. 벌써 죽은 거 아닙니까?

―구급차 불러.

―네?

―새꺄, 뭘 꾸물대. 여기 소변이 아직 따뜻해. 빨리 구급차 불러.

형사1이 수연의 목 근처를 짚었다. 몸은 싸늘하게 식어 있었지만 흐리게 뛰고 있는 맥이 잡혔다. 그것은 자신의 손끝에서 뛰고 있는 스스로의 맥박일지도 몰랐지만 형사1은 수연이 아직 살아 있다고 확신했다.

인간은 그리 쉽게 죽는 존재가 아니다. 치명상이 없는 한 마지막의 마지막까지 살아남는다. 게다가 형사1은 배설물 썩는 냄새와 시체 썩는 냄새를 확연히 구분할 줄 알았다. 시체가 썩는 냄새는 이렇게 무겁지 않다. 잘 벼린 칼처럼 날카롭고 특유의 쏘는 향을 가지고 있다. 한번 맡아보면 절대로 잊을 수 없는.

─어떻게, 방에 좀 옮겨놔야 되는 거 아닙니까?

─뼈가 부러졌을지도 몰라. 어딜 다쳤는지 모르니 일단 두고 밧줄부터 풀어. 어이, 너 윗옷 벗어서 이리 내.

─예에? 싫습니다, 저 이거 이번에 백화점에서 산 옷이란 말입니다.

─놔뒀다가 얼어 죽으면 그 책임은 니가 질 거냐?

─그럼 선배님 옷 덮어주십쇼. 제 옷은 드라이클리닝 해야 되는데 선배님 옷은 막 빨아도 되는 옷이잖습니까.

─개새끼.

형사1이 못마땅한 듯 옷을 벗었다.

특별히 외상은 없어 보이니 일단 안으로 옮기는 게 나으려나. 신발을 신고 있는데도 발바닥 깊숙이 찔러 들어오는 시멘트 바닥의 냉기에 저절로 몸이 떨렸다. 교복 스커트에 맨발인 수연에게는 더 치명적일 것이었다. 망설이고 있는 형사1을 어떻게 해석했는지 형사2가 거보란 듯 웃으며 어깨를 으쓱했다.

손전등에 비춰진 수연의 몸은 배설물로 엉망이었다.

가까이 있자니 시큼한 토사물 냄새와 삭은 암모니아 냄새가 상당히 역했다. 그나마 날이 추워 썩기 시작한 배설물 냄새가 멀리 퍼지지 않은 모양이었다. 검은 회색으로 변한 수연의 다리를 보던 형사1이 자리에 쭈그려 앉았다. 수연의 목 뒤와 종아리 뒤에 팔을 밀어넣는데 물컹하고 차가운, 혹은 딱딱하게 굳은 배설물이 진저리 날 만큼 생생히 느껴졌다. 솜털이 바짝 서며 구역질이 일었다.

형사1은 숨을 참고 수연을 번쩍 들어 올렸다.

―뭐하십니까?

―안 되겠어. 안으로 옮긴다. 구급차 오고 있어?

―네. 연락했습니다.

―빨리 오라고 해. 올 때까지 계속 전화해.

연탄광 정도는 아니지만 방 또한 어두웠다.

불이 난 뒤 그대로 방치해둔 탓에 전기도 난방도 들어오지 않았다. 을씨년스럽게 불에 타다 만 벽지와 장판을 형사1은 되는 대로 밟고 걷어냈다. 입에서 하얀 입김이 쏟아졌다. 방 구석에 둘둘 말려 있던 더러운 담요를 형사2가 찾아왔다.

형사1이 담요로 수연의 얼굴과 몸을 감쌌다.

―그, 김종순가 하는 놈이 범인입니까?

―일단은 그런 것 같다. 서에 연락해서 그놈 잡아들이라 그래. 범인이 아니라도 최소한 연관은 있겠지. 이게 그놈 집이니.

―모르는 일이라고 발뺌하면 어쩝니까? 현장을 덮친 것도 아니고 이런 방치된 집이야 아무나 드나들 수 있잖습니까.

―피해자가 살아 있으니 괜찮아. 정신 차리고 증언하면 그놈도 끝이야.

형사2가 찌푸린 얼굴로 수연을 쳐다봤다.

이불에 둘둘 감긴 꼴이 처음 발견했을 때보다 더 시체 같았다. 방 안이 금세 오물 냄새로 가득 찼다. 여름이었다면 여기다 벌레들까지 더 굉장했겠지. 구급차를 기다리는 동안 형사2가 손전등으로 집 안 이곳저곳을 비췄다. 아직 다섯시도 안 됐는데 집 안이 전부 컴컴했다. 원래 빛이 많이 들어오게 만들어진 구조는 아닌 모양이었다.

마루를 지나 작은방 쪽으로 들어간 형사2가 다급한 목소리로 형사1을 불렀다.

―선배님, 이리 좀 와보십쇼.

―왜?

―이런 거, 그 뭐냐, 편집증이라던가 뭐 그렇게 말 안 합니까?

작은 정사각형 모양의 방은 텅 비어 있었다.

한가운데 덩그마니 놓인 의자 하나가 눈에 띄었다. 편의점 앞에나 있을 법한 파란색 플라스틱 의자였다. 이게 뭐 어쨌다는 거야. 형사1이 불만스레 노려보자 형사2가 손전등을 다른 쪽으로 흔들었다.

획, 지나치는 동그란 불빛 속에 누군가의 눈동자가 보였다. 형사1이 형사2에게서 손전등을 빼앗아 직접 벽을 비췄다.

종이와 사진으로 뒤덮여 있는 벽.

화장품이나 휴대폰 광고용의 대형 포스터와 사진, 나머지 대부분은 잡지에서 오려낸 듯한 종이였다. 종이 끝이 전부 꼿꼿하고 각진 걸로 봐서 최근에 붙인 것이 분명했다. 불에 탄 흔적도 전혀 없었다. 누가 불탄 집 벽에 족히 이천 장은 되어 보이는 이 사진들을 하나씩 찢어다 붙인 것이다.

천장까지 붙여놓고도 자리가 모자랐는지 이중 삼중으로 덧붙인 것도 여러 곳이었다. 하나같이 사람이었다. 얼굴이 크게 클로즈업된 것에서부터 반신, 전신이 나온 것까지 없는 게 없었다. 의류 광고지와 신문에서 오려낸 광고 사진, 영화 프로그램과 만화 캐릭터가 그려진 스케치북 표지도 있었다. 사람이 들어간 거라면 뭐든 찢어다 붙인 모양이었다.

〈세일러문〉과 〈반지의 제왕〉에 나오는 마법사 간달프, 얼마 전 도박 빚이 백억이나 된다고 한창 화제가 됐던 중견 여자 탤런트가 마구잡이로 뒤섞여 있었다.

형사1과 형사2는 잠시 꼼짝도 못하고 벽만 바라보았다.

형사2가 아기공룡 둘리가 앞장선 퍼레이드 사진을 툭툭 치며 물었다.

—김종수, 고등학교 교사라고 안 했습니까?

—했지.

—교사는 임용고시 볼 때 정신감정도 같이 받습니까?

—넌 형사 될 때 정신감정 받았냐?

—정신감정까지는 아니어도 적성검사랑 인성검사는 했습니다.

—그럼 그놈도 그렇게 했겠지.

—…… 잡아도 허탕만 치는 거 아닙니까? 변호사가 정신이상으로 밀어붙이기 딱 좋은데요, 이거.

—그놈 미친놈 아냐. 이 정도는 우리 집 애들도 해.

—그래도 좀,

—증거 못 삼게 불이라도 질러버릴까, 그럼? 어차피 불탄 집이니 조금 더 탄다고 큰일도 아닐 텐데 말이야.

형사1이 형사2 어깨를 툭툭 밀었다. 멀리서 구급차 사이렌 소리가 다가오고 있었다.

수연은 극심한 스트레스성 발작과 영양실조, 탈수증세, 온몸의 동상을 진단받았다. 꾸준한 치료를 요했지만 당장 생명에 지장이 갈 정도는 아니었다.

경찰은 수연이 언론에 노출되지 않도록 조심스럽게 일을 처리해나갔다. 지금 매스컴은 온통 백삼십 억의 도박 빚을 진 중견 여자 탤런트에게 집중하고 있었다. 중견 여자 탤런트는 검은색 홈드레스에 머리카락 한 올까지 뒤로 꽉 잡아 묶은 머리를 하고 화장기 없는 창백한 얼굴로 스포트라이트를 받았다. 텔레비전도 신문도 온통 도박에 대한 얘기뿐이었다.

일단은 김종수가 언론 노출에 의한 피해자였었다는 사실이 거론되었다. 수연이 미성년자인 데다 성인 남성에게 납치, 감금 되었던 것에 의해 차후로 입을 피해도 거론되었다. 실제로 수연은 감금당해 방치되었을 뿐 성적인 피해는 없어 보였지만 일단 보도가 나가기 시작하면 사실과 많이 달라질 것이 뻔했다. 최대한 조용히, 최대한 빨리 해결하자. 그런 분위기가 부서 내에 만연해 있었다.

형사1은 현장 사진을 살펴보다 급히 형사2를 불러냈다.

―현장에 다시 가봐야겠어.

―네? 피해자도 구조했고 범인도 잡았는데 거긴 뭐하러요? 이제 진술 듣고 조서 작성해서 넘기기만 하면 되는데요.

―여기, 좀 이상하지 않아?

형사1이 연탄광을 찍은 사진 한 장을 검지로 쿡쿡 찔렀다.

―뭐가요?

―이 안쪽에, 불룩 튀어나온 이거 말이야.

―뭐, 별로 안 이상한데요.

―자넨 나이가 어려서 잘 모르나 본데 말이야, 광은 보통 텅 비어 있어. 이런 식으로 구조물이 올라와 있질 않는다고. 게다가 연탄광에 이렇게 커다란 직각 구조물이 있을 필요가 뭐가 있지? 이 안에 수도관이 있을 것도 아니고 설마 버스처럼 바퀴가 달린 것도 아닐 텐데 말이야. 게다가 너무 두드러져. 애초부터 장애 되는 게 있었다면 광 크기를 줄였겠지. 이건 분명 나중에 만든 거야.

―선반처럼 쓸 생각이었나 보죠. 실제로도 가슴 정도까지 올라왔잖아요?

―그게 이상하단 말이야. 선반을 만들려면 나무판을 하나 박으면 되지 이렇게 커다란 시멘트 덩어리를 만들 필요가 있나? 아무튼, 가서 확인해봐야겠어. 김종수 그놈이,

―이런 짓을 한 게 처음이 아닐지도 모르잖아?

형사1은 막연한 예감 같은 것에 떠밀려 서를 나섰다.

애초에 비행 청소년들이 잠잘 곳을 찾아 폐가에 들어가지 않았다면 수연도 발견할 수 없었을 것이다. 수연이 발견된

것은 순전히 형사1의 감과 우연 때문이었다. 수연의 실종 수사를 하며 지인들과의 관계를 짚어가던 중 김종수가 걸려들었고, 그의 근거지를 확보하고자 나갔던 것이다. 불이 난 뒤 여관에서 살고 있다고 들었지만 어쩐지 본가에 가보지 않고는 견딜 수가 없었다.

을씨년스러운 외관에 눌려 그냥 돌아갈까 하던 차에, 안에서 사람 말소리가 들렸다. 들어가보니 기껏해야 중학생이나 될 법한 어린아이들이 술병을 쌓아놓고 담배를 피우며 놀고 있었다. 형사1과 형사2는 황급히 도망치는 아이들을 그냥 내버려두었다. 자욱한 담배 냄새 때문에 조금 덜하긴 했지만 배설물 냄새가 코를 찔렀기 때문이었다.

형사1이 조심스럽게 집 안을 뒤졌다. 한동안은 아무것도 찾아낼 수 없었다. 여기, 이것도 방입니까? 부엌 안쪽으로 홱 돌아앉은 작은 문으로 형사2가 머리를 쑥 집어넣은 채 물었다.

바로 연탄광 입구였다.

여러 우연이 겹치지 않았다면 그들은 수연을 찾아내지 못했을 것이다. 찾아내지 못했다면 수연은 어떻게 됐을까. 영양실조나 탈수로 죽든 얼어 죽든 김종수에게 죽임을 당하든 모두 시간차일 뿐 결국은 죽었을 게 틀림없다. 그럼 그 뒤에 김종수는 어쩔 셈이었을까.

그대로 방치해두면 언젠가 시체 썩는 냄새 때문에 사람들에게 들키고 만다. 그렇다고 딱히 갖다 버릴 작정도 아니었던 것 같았다. 뭔가 더 여유롭고 안정된 계획이 그에게 있었을 것이다. 죽어도 그만 아니어도 그만이라고 건방 떨 수 있는 여유는 대체 어디서 나왔을까.

역시 그 시멘트 덩어리가 마음에 걸렸다.

형사1은 아예 작정을 하고 김종수의 집으로 올라갔다. 언덕 아래 있는 철물점에서 해머도 빌렸다. 형사2가 불퉁거리면서도 보증금 이만 원을 내고 해머를 빌려왔다.

—이런 걸 뭐라고 하는 줄 아십니까, 선배? 삽질이라고 하는 겁니다.

—됐으니까 내려치기나 해.

—이 안에 가스관이라도 있으면 어쩌실 거예요? 게다가 제 구두, 지난주에 새로 산 거란 말입니다. 시멘트 조각이며 다 튈 텐데 정말. 선배, 너무 오버하시는 거 아닙니까?

—잔말 말고 빨리해. 아무것도 없으면 다행이지 뭘 그래.

둔탁하게 시멘트 내리치는 소리가 났다. 겉으로는 얼기설기 초보자가 때운 것이 틀림없었는데 의외로 단단히 굳어 잘 깨지지 않았다. 형사2가 욕설을 퍼부으며 가장자리를 노렸다. 삼십 분이나 고군분투한 끝에 겨우 덩어리의 삼분의 일이 깨졌다.

―이것도 구급차를 불러야 됩니까?

형사2가 줄줄 흐르는 땀을 닦으며 거친 숨을 몰아쉬었다.

―아니, 그건 감식반.

깨진 시멘트 덩이 끝으로 비죽, 팔꿈치 하나가 빠져나와 있었다.

허상입니다

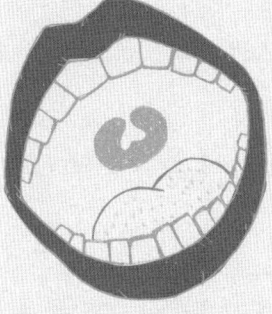

나는 몹시 차분했다.

억울함을 호소할 마음 따윈 들지 않았다. 나는 이미 예전에 모든 걸 해보았던 것이다. 눈물로 호소, 고함지르기, 발작하며 물건 깨부수기, 오열, 비명, 모든 걸 해봤지만 끝내는 무릎 꿇고 비는 것밖에 방법이 없었다. 동그랗게 튀어나온 자신의 무릎뼈를 바라보며 몇 시간씩 꿇어앉아 있던 기억이 생생하게 떠올랐다. 그러니 이번에는 아무것도 하지 않을 작정이었다.

어디에도 호소할 수 없기 때문에 억울한 것이다. 아무도 믿어주지 않기 때문에 괴로운 것이다. 나는 그 억울함에 대해 이제 항변할 기운도, 분노도 없었다.

수연이 내 집 연탄광에서 발견된 건 의외였다.

그러나 마음 한편으로 이렇게 될지도 모른다는 생각 정도는 하고 있었다. 집을 둘러볼 때에도 나는 애써 연탄광만은 피해왔던 것이다. 그곳의 삭은 배설물 냄새와 아련한 쇳내, 후끈거리는 열기 같은 것이 또렷하게 떠올랐다.

만약 내가 그곳에서 먼저 수연을 발견했다면 뭔가가 달라졌을까.

그럴 리 없었다. 나는 수연 납치감금 사건의 유일하고도 유력한 용의자였다. 내가 수연을 끄집어내 경찰서로 데려왔다면 자수 처리됐을 게 분명했다.

밖에서 뭐라고 떠들어대는지는 모르겠다.

나를 조사한 형사는 일이 생각보다 커지지 않았다고만 말했다. 너 같은 정신병자를 위해서가 아니라 피해자 때문이야. 그렇게 못 박는 것도 잊지 않았다. 나는 아무래도 상관없었다. 아홉시 뉴스에 나가건 수사일지에만 조용히 기록되건 내 인생이 완전히 끝났다는 점에서는 별 차이가 없기 때문이었다.

―자, 다시 한 번 얘기해봅시다.

국선 변호사가 지루한 얼굴을 들어 올렸다.

일자로 뻗은 눈썹과 두꺼운 안경에 짓눌린 코, 넓적하게 퍼진 턱 같은 것이 고지식한 중년남성의 전형적인 얼굴을 만들어내고 있었다. 검고 기름진 손가락이 유난히 짧아 내 시선이 자꾸 거기 멈췄다. 변호사는 나를 별로 경계하지 않았지만 그렇다고 친근하게 대하지도 않았다.

―마지막으로 정수연을 만난 건 사건이 일어나던 날 밤이었죠? 정수연이 다니던 학원으로 김종수 씨가 직접 찾아갔습니다. 맞습니까?

―네.

―찾아가서 어쨌습니까?

―그냥 봤어요. 잘 지내고 있구나 확인하고 그대로 집으로 돌아왔습니다.

―정수연을 데리고?

―아뇨. 혼자서요.

―정수연 측 진술은 다릅니다. 정수연이 학생들과 함께 학원에서 나왔고, 집으로 돌아오는 동안 누군가가 미행하는 기분이 들었다. 돌아보니 당신이 있었다고 했습니다. 얘기를 하자는 당신의 요구에 정수연이 일 회 거절, 재차 청했는데도 거절당하자 당신이 정수연을 후려쳤다. 그 뒤로 정신을 잃었다 깨어나 보니 불에 탄 집 방에 묶여 있었다. 그렇게 증언하고 있습니다.

─거짓말이에요.

─물론 나도 그쪽이 거짓말하고 있길 바랍니다.

짧은 손가락이 안경테를 쓰윽 밀어 올렸다.

짓눌린 코가 잠시 일어서는가 싶더니 다시금 안경알에 짓눌려 퍼졌다. 나는 그 코에서 묘한 애환을 느꼈다. 손을 뻗어 만져주고 싶다는 생각이 들기 시작한 것이다. 나는 수갑 찬 손을 허벅지 사이에 끼웠다. 절그럭거리는 소리가 났는지 면회실 구석에 앉아 기록지를 쓰던 간수가 나를 돌아보았다.

─그쪽은 모든 증거를 확보한 상탭니다. 우리가 절대적으로 불리해요. 정수연이 발견된 곳은 당신의 집, 최근 당신이 그곳을 들락거렸다는 주민 증언까지 확보했습니다. 그나마 다행인 건 성폭행 흔적이 없다는 것 정도랄까요. 유괴, 감금, 협박, 폭행, 도합 몇 년형이 떨어질지. 내가 해줄 수 있는 건 그 형량을 최대한으로 줄여주는 것뿐입니다. 그나마도 당신이 내게 숨기는 것 없이 진실만을 말해주었을 때 가능합니다.

─나는 진실만을 말했어요.

─당신은 정수연을 납치한 사실이 없다?

─네.

변호사가 짧게 한숨을 쉬었다. 표정을 감추려는 기색조차 없었다. 이런 공방전이 언제까지 계속될까. 이전 기억을 떠올려보면 이것은 단지 시작에 불과했다. 무엇보다 싫은 건 재판장에서 검사가 윽박지를 때의 불쾌감이었다. 나는 변호사보다 한층 더 깊고 짙은 한숨을 쏟아냈다.

―그럼 정수연이 납치되던 날 당신의 알리바이를 증명할 만한 방법이 있습니까?

―말했잖아요. 그날 나는 닥터 팽에게 갔었습니다. 상담 일이었어요.

―또, 또, 또 그 빌어먹을 닥터 팽.

변호사가 쓰고 있던 종이를 와락 구겨버렸다.

―대체 몇 번이나 말합니까? 닥터 팽이라니, 그런 사람은 없습니다. 애초에 그런 말도 안 되는 이름으로 영업을 할 의사가 어디 있겠어요.

―난 분명히 닥터 팽에게 상담 치료를 받았습니다. 내게 그 사람을 지정해준 건 다름 아닌 법원이라고요.

―법원에서 지정해준 정신과 상담의는 전혀 다른 사람입니다. 당신은 그 사람과의 상담을 한 차례도 이행하지 않았습니다. 당신이 말했던 장소에도 병원 같은 건 없었어요. 당신이 닥터 팽을 만나 상담받았다고 주장하는 그날, 당신을 그 불탄 집에서 봤다고 증언하는 동네 주민이 있단 말입니다.

―그럴 리가 없어요. 닥터 팽은 분명히…….

―당신 집 벽에서 수천 장의 사진과 광고지가 발견되었죠. 그 안에 있었습니다, 당신이 닥터 팽이라고 말했던 마법사니 세일러문이니 프로이트니 그런 사람들이 말입니다.

―…….

―자, 이제 솔직히 말해보세요. 당신은 내내, 약에 취해 있었어요. 약에 취한 상태에서 불탄 집으로 갔고, 사진 속 인물들을 불러냈습니다. 환각 속에서 본 사람들을 당신은 닥터 팽이라 믿게 된 거예요. 닥터 팽은 없습니다, 약에 취했을 때 나타나던 허상이에요.

변호사 언성이 점점 높아지자 간수가 손을 들어 제지했다. 그러고는 벽에 걸린 검은 시계를 턱으로 가리켰다. 시간이 다 되어가는 모양이었다.

변호사의 노트는 여전히 텅 비어 있었고 매번 똑같은 대화를 반복하다 빈손으로 돌아가는 게 일이었다. 변호사가 난폭하게 자리에서 일어섰다.

―현재 김종수 씨의 정신감정을 의뢰한 상탭니다. 하지만 어떤 상태든 책임능력이 충분하다고 나올 게 틀림없어요. 약물중독에 대한 치료가 병행되겠지만 그걸로 형량이 줄어들진 않을 겁니다. 무엇보다 당신이 궁지에 몰린 건 고작 그 정수연 납치 사건 때문이 아니니까요.

―나는…….

―알아듣겠습니까? 나는 당신 집 연탄광에서 발견된 시체에 대해 말하고 있는 겁니다. 그 빌어먹을 시체, 시체 말입니다.

✦

아버지는 목욕할 때 쓰는 빨간 고무다라를 꺼냈다.

공중목욕탕에 가기 싫을 때 종종 꺼내 쓰던 것이었다. 고무다라는 짚신벌레처럼 길쭉하게 생겨 속이 상당히 깊었다. 중학교 졸업식이 코앞으로 다가와 있었고 유리창이 쩍쩍 갈라질 정도로 바람이 매서웠다.

아버지는 새빨개진 코를 소맷자락으로 연신 훔치며 분주히 마당을 오갔다. 고무다라 옆에 시멘트 다섯 포대와 모래 포대가 나란히 쌓여 있었다. 바닥이 새까만 리어카로 옮겨왔는지 포대 여기저기 연탄 검댕이 선명했다.

―뭐 하는 거야?

―춥다. 안으로 들어가.

―집 안도 추운 건 마찬가지인데 뭘. 지금 뭐 하는 거냐고.

―시멘트를, 좀 바를까 해서.

―어디다?

―광에.

―뭐하러?

―너 자는 방이, 연탄광하고 붙어 있잖아. 그 뭐냐, 광을 좀 막으면 우풍이 덜할까 해서. 연탄 채울 일도 없는데 너무 쓸데없이 넓기도 하고.

―새삼스럽게 그런 건 뭐하러 해.

아버지는 더 이상 대꾸 없이 시멘트 포대를 풀었다.

시멘트가루와 모래를 번갈아 다라 안에 채우고 물을 넣은 뒤 개는 작업은 한참 동안 계속되었다. 깡마른 팔뚝에서 당장이라도 튀어나올 것처럼 핏줄이 팽팽해졌다. 아버지는 쉬는 법도 없이 한참 동안 시멘트를 반죽했다. 코끝에서 땀이 뚝뚝 떨어져 고무다라 안으로 들어갔다.

아버지는 한사코 나를 떠밀어 방 안으로 들여보냈다. 서걱서걱 시멘트 개는 소리와 발소리가 어지럽게 들려왔다. 그 틈에 간혹 흑흑, 하는 숨 몰아쉬는 것 같기도 하고 흐느끼는 것 같기도 한 소리가 섞여 들려왔다.

✦

―아버지예요.

내 말에 변호사가 흥미 없다는 듯 건성으로 고개를 끄덕였다.

―기억하고 있습니다. 아버지가 마당에서 시멘트 개던 일을. 한겨울이었어요. 시멘트 안에 시체라는 건 그때 아버지가 숨겨놓은 걸 겁니다. 누군지도 알아요. 아버지 고등학교 선배였던 연탄가게 아저씨였죠. 연탄이 몰락한 뒤 얼음집을 차렸다가 뇌졸중으로 쓰러졌어요. 그 사람을 아버지가 묻은 거예요.

―그럴 수도 있겠지요,

―그러니까, 내가 한 게 아니라는 말이에요.

―예, 물론 그럴 겁니다. 하나는 당신이 한 게 아닐 수도 있겠지요.

―하나?

―내가 얘기 안 했던가요? 시멘트 덩어리에서 발견된 시체는 두 굽니다. 한 구는 당신 말대로 십오 년 전 실종 신고가 됐던 동네 주민과 치형이 일치했어요. 다른 한 구는, 당신이 더 잘 알고 있겠지요. 당신 아버집니다.

―아!

―솔직히 말하자면 말입니다. 나는 별로 당신을 변호하고 싶은 마음이 없습니다.

―다, 닥터 팽을 불러줘요!

―그건 환각제를 달란 소립니까?

―아니야! 닥터 팽, 닥터 팽을 불러줘요, 그 사람이라면 알고 있을 거야. 나는 그 사람에게 상담해야 해요!

―발작을 일으켜 병원으로 이송되는 것도 좋은 생각이군요. 판결에 얼마나 영향을 미칠는지 모르겠지만 적어도 얼마간은 쾌적한 생활을 할 수 있을 테니까 말입니다.

변호사는 차갑게 일갈하고 돌아갔다.

내 팔을 잡고 걷는 간수의 팔이 평소보다 꽉 죄어드는 게 느껴졌다. 시체가 두 구라는 말은 들은 기억이 없었다. 닥터 팽이라면 알고 있을 것이다. 아저씨 시체에 시멘트를 쏟아부은 게 아버지라는 걸 닥터 팽은 알고 있었다. 다른 시체 한 구가 과연 누구인지, 왜 죽었는지, 누가 시멘트를 부었는지 알고 있는 것 또한 닥터 팽뿐이다.

―닥터 팽을 불러줘요.

간수는 내 말을 가볍게 무시하고 철문을 잠갔다.

이미 억울하다는 것만으로는 설명하기 힘들 만큼 일이 커져 버렸다. 중심에 있는 건 언제나 나, 산산조각 나버릴 존재도 나 혼자일 게 분명했다. 어째서 이렇게까지 되어버렸을까. 내가 대체 뭘 잘못했기에. 나는 결단코 수연을 납치한 적도 아버지를 죽인 기억도 없다. 무엇보다 내 아버지는, 월미도 놀이기구에서 점프를 하다 떨어져 목이 부러져 죽었다.

영정 사진도 틀림없이 내가 들었던 것이다.

나는 시멘트벽에 머리를 픽픽 찧다가 변호사를 떠올렸다. 당최 감정이라곤 없는 것 같은 눈, 두꺼운 눈꺼풀, 시무룩하게 죽어 있는 코. 넓적한 턱과 듬성듬성 솟아 있는 수염.

나는 자리에서 벌떡 일어났다. 그랬다, 그가 닥터 팽이었다. 홈드레스와 세일러복을 즐겨 입던 닥터 팽이 이번에는 슈트를 맞춰 입고 내 앞에 나타난 것이었다.

그가 닥터 팽이었어!

나는 부르짖었다. 닥터 팽은, 닥터 팽이야말로 모든 진실을 알고 있다. 그만이 나의 이 빌어먹을 환상과 현실을 구분해낼 줄 알았다, 나의 닥터 팽만이!

—이봐요!

나는 철문에 온몸을 부딪치며 소리쳤다.

—이봐요, 닥터 팽을 불러줘요, 방금 그 사람, 그 사람을

불러 달라고요!

흰색과 청색 페인트가 칠해진 좁은 복도에 내 목소리가 우렁우렁 퍼져 나가기 시작했다. 내 집 연탄광과 꼭 닮은 좁고 긴 복도였다. 닥터 팽을! 나는 철문에 머리를 쾅쾅 부딪쳤다. 뜨거운 열기가 이마에서부터 퍼져 나가 뜨겁게 요동치기 시작했다. 손바닥과 수갑 위로 새빨간 핏방울이 뚝뚝 떨어졌다.

나는 닥터 팽에게 했던 질문들 중 한 가지를 떠올리고 있었다.

―도대체 진실이라는 게 뭐죠? 뭐가 현실인가요? 내가 지금 보고 있는 당신은 현실인가요? 여기 있는 내가 현실이에요? 대체 어디까지가 현실이고 어디까지가 망상인 거죠?

―자네가 믿고 싶어 하는 부분까지가 망상이고 나머지는 전부 현실이지. 자네가 버리고 싶어 하는 부분, 그게 바로 진실일세.

수연 #5

학교는 전과 다를 바 없었다.

수연은 책상에 바짝 몸을 붙였다. 팔꿈치를 올려놓기 좋은 높이도 적당히 시원한 나무판의 감촉도 그대로였다. 한 달간 방치해둔 사물함은 퀴퀴한 냄새를 뿜는 체육복이 들어 있는 것만 빼면 대체로 양호했다.

교실에는 낮은 긴장감이 떠돌고 있었다.

다들 자신과 수연의 거리를 재보느라 정신이 없었다. 내가 제일 먼저 말을 걸 만큼 수연이와 친했던가. 어떤 식으로 말을 걸어야 쿨해 보일 수 있을까. 너무 친한 척하는 것도 안 좋지 않을까. 대략 그런 의문들이 반 아이들 이마 위를 떠돌다가 슬그머니 사라졌다.

―수업…….

아이들 시선에 떠밀린 옆자리 아이가 먼저 입을 뗐다. 뭔가 생각해냈다기보다 수연 옆에 앉은 탓에 입을 연 게 분명한 의미 없는 말이었다.

―수업, 많이 못 들어서 어떻게 해? 내가 노트 보여줄까?

―아니. 됐어.

수연은 조심스러운 시선이나 정제된 질문이 싫지 않았다. 요란하게 아는 척을 하거나 유치한 대화에 끌어들이는 것보다 이 편이 훨씬 좋았다. 당분간 이렇게, 침묵과 서로간의 껄끄러움이 유지되었으면 하고 수연은 진심으로 바랐다.

여고 이학년생이 육 일간 납치되었다 돌아왔다, 상대는 재학 중이던 학교 세계사선생님, 서른세 살의 건강한 성인 남자. 그 정도면 싫어도 짐작 가는 것들이 있는 것이다. 수연은 그 오해들을 일일이 해명할 마음도, 그렇다고 인정할 마음도 없었다. 지금 필요한 건 그저 숨 돌릴 만큼의 여유와 침묵이었다.

―세계사선생이 그럴 줄은 꿈에도 몰랐지 뭐야.

―그 선생 보기엔 멀쩡해 보이잖아.

―약물중독자였다며? 전혀 몰랐어. 환각제 사느라 돈을 엄청 쏟아부었대. 학교 나올 때도 비타민 통에 약을 숨겨 다

녔다는 데 뭘.

―선생님 집에서 나온 시체가 두 구나 된다더라. 그것도 하나는 선생님 아버지래.

―그게 뭐야, 공포영화도 아니고. 하마터면 수연이도 그 사람한테

―야. 그만 떠들어.

―그래, 수연이는 무사히 돌아왔잖아. 어디 아픈 덴 없어, 수연아?

최소한 지금 같은 관심과 수다는 사양이었다.

수연은 부러 오른손 엄지와 검지로 눈물샘 근처를 꾹꾹 눌렀다. 아이들이 입을 다물고 조용히 흩어지는 게 느껴졌다. 내친 김에 안약을 꺼내 눈에 넣자 시야가 뿌옇게 흐려졌다가 다시 선명해졌다.

눈의 피로는 거짓이 아니었다. 캄캄한 연탄광에 내리 갇혀 있었던 후유증인지 눈이 시리고 때때로 앞이 잘 보이지 않았다. 의사는 정신적 스트레스 때문에 급격히 시력이 떨어지는 경우도 있지만 안정된 뒤에는 정상으로 돌아오니 개의치 말라고 충고했다. 하지만 눈에서 불꽃놀이하듯 픽픽 터지는 빛무리에 대해서는 정확히 설명하지 못했다.

칠판에 소용돌이치는 빛무리를 따라 수연은 눈을 깜박

였다.

언젠가 시험지에서 그랬던 것처럼 빛은 칠판 위를 치어떼처럼 자유롭게 헤엄쳐 다니고 있었다. 빤히 칠판만 쳐다보는 수연이 부담스러웠는지, 그날 수업에 들어왔던 선생님들은 대부분 칠판 필기를 포기하고 수업을 진행했다.

마지막으로 들은 건 그가 구치소에서 병원으로 옮겨졌다는 소식이었다. 정신병원이 아닌 약물중독 치료센터였다.

오랜 시간 환각제를 복용해온 것에 비하면 그의 중독 상태는 심각하지 않았다. 다만 뇌가 위축되고 상당한 환각에 시달려 현실과 환각 상태를 잘 구분해내지 못한다고 했다. 그에 비해 신체능력이 떨어진다거나 외관상 드러나는 부작용이 없어 굉장히 드문 케이스라는 기사가 어딘가에 실렸다. 약물중독이 아닌 경계성 인격장애로 봐야 한다는 기사에도 상당히 무게가 실렸다. 경계성 인격장애에서 반사회성 인격장애로 넘어가는 경계선에 걸려 희생당한 것이 여고생 수연이라는 주장이었다.

돌이켜보면 수업 시간에 그가 약물중독자의 보편적인 증상을 보인 적은 한 번도 없었다. 항상 단정하고 똑바른 모습으로 수업을 진행했다. 그때 이미 그의 뇌는 쭈그리들어 있었을까. 그의 앞에 있었던 것이 정말 여고생들이었을까. 수연은 그런 의문들을 문득문득 떠올렸다.

그는 수연과의 일보다 시체에 대한 조사를 더 많이 받고 있었다. 여러 곳에서 힘써준 덕분에 수연의 사건은 가능한 한 매스컴에 공개되지 않고 넘어갔다. 신문에서도 '여고생을 납치, 감금했던 범인의 여죄를 추궁하던 중, 친족살해와 시체유기에 대한 진술 확보'라는 식으로 한두 줄 언급되는 게 전부였다.

―선생님.

수연은 잠깐 심호흡한 뒤 교무실로 들어갔다.

교무실은 이전과 똑같았지만 입구 쪽이 미묘하게 달랐다. 그의 책상이 있던 곳이었다. 책상 빠진 자리가 충치 뽑힌 자리처럼 휑했다. 책상 다리가 닿아 있던 바닥만 하얗게 변해 그의 부재를 더욱 두드러지게 만들고 있었다. 눈에 띄게 주춤거렸는지 담임선생이 재빨리 뛰어와 수연을 끌어갔다.

―오늘은 저, 조퇴하면 안 될까요?

―어디 몸이 안 좋니?

―네.

―그래, 무리하지 말고. 집에 전화해서 데리러 오라고 할까?

―아뇨. 혼자 갈 수 있어요.

―한 달 결석했다고 해도 수연이 정도면 금방 따라잡을

수 있을 테니까 걱정 마. 이제는 배운 것들 복습하는 단계니까 어려울 것도 없을 거야. 지금까지 수연이 점수는 항상 상위였잖아? 걱정할 거 없이 해오던 만큼만 계속하면 되는 거야. 알았지?

담임선생 생활기록부에 '주의가 산만하며 매사에 안절부절못함'이라고 써주겠다고 했던가. 그의 말이 떠올라 괜히 웃음이 나왔다. 그 웃음을 어떻게 받아들였는지 담임 얼굴이 환해졌다.

수연은 자신이 교무실을 나가기도 전 수군거리기 시작하는 선생들을 뒤로하고 걸었다. 차가운 바람이 수연의 짧게 자른 단발머리를 들쑤시고 지나갔다. 헝클어진 머리에 개의치 않고 수연은 교문을 빠져나갔다.

그는 상당한 햇수의 징역형을 받을 터였다.

존속살해는 형이 무거웠다. 게다가 그의 죄는 묘한 곳에서 이중이었다. 말하자면 그의 집에서 발견된 시체 두 구가 모두 그의 아버지였던 것이다. 한 구는 그의 생물학적 아버지, 다른 한 구는 그의 호적상 아버지였다.

수연은 그의 짧고 네모진 등을 떠올리며 걸었다.

낯선 거리가 펼쳐지고 도화지에 그린 것처럼 작은 간판들이 늘어섰다. 문 닫은 술집과 알록달록한 소품가게, 길게 두

줄로 차들이 늘어선 주차장. 수연은 그곳이 홍대 놀이터로 가는 오르막길이라는 걸 깨달았다.

 길을 따라 올라가면 어쩐지 그가 놀이터 벤치에 앉아 있을 것 같았다. 그럼 그에게 무슨 말을 할까. 동상에 걸렸던 발가락이 살금살금 간지러워지기 시작했다. 그를 증오하는 건지 원망하는 건지 혹은 그리워하는 건지 수연은 도무지 알 수가 없었다.

 수연은 주머니 속에 든 동그란 본드 풍선을 만지작거리며 언덕을 올랐다. 형편없는 목걸이를 오만 원이나 주고 사던 날, 그는 용의 발톱에서 이걸 떼어내 건네주었었다.

 ─여의주 안에는 과연 뭐가 들었을까?

 겨울이 깊어진 거리에 목도리를 코까지 끌어 올린 사람들이 휘적휘적 걸어 사라지고 있었다. 일찍 내려앉은 어둠 속에서 그 사람들은 마치 불탄 그림자처럼 보였다. 반쯤 불타 사라진 사람들 사이로 똑같이 타다 만 수연이 걸어갔다. 환각과 믿고 싶지 않은 현실이 적당히 뒤섞인 어느 겨울밤이었다.

다시, 닥터 팽

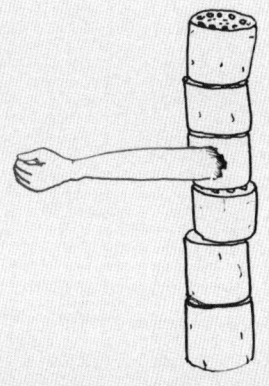

병원 식사는 기름으로 간을 한 것처럼 느끼했다. 밥알도 생기가 없고 잘 흩어져 젓가락으로 먹기 힘들었다. 나는 수저로 된장국과 밥을 한데 말아 퍼먹은 뒤 화장실로 갔다. 뱃속이 고장 난 게 약 때문인지 병원 밥 때문인지 가늠할 수 없었다. 다만 확실한 건 하루에도 서너 번씩 녹색 물똥이 쏟아진다는 사실이었다.

변호사가 말했던 것처럼 병원은 쾌적했다.

외출이 불가한 것만 빼면 원내에서의 활동은 어느 정도 가능하다는 점―활동이라 해봐야 치료실과 검사실, 병실과 화장실뿐이었지만―이 꽤 마음에 들었다. 사방이 시멘트벽으로 된 구치소와 비교도 되지 않았다. 나는 병원의 깨끗한 복도와 이런저런 부가 시설이 있는 화장실, 샤워실을 마음껏 사용했다.

편안히 살고 있다, 는 것에 대한 죄책감은 물론 없었다. 이제야 겨우 정당한 대우를 받고 있다는 기분이 들었다. 나는 여러모로 억울한 사람이었다. 죄를 지은 사람과 억울하게 누명 쓴 사람을 똑같이 취급해서는 안 되는 게 당연했다.

─자꾸 그렇게 돌아다니시면 특단의 조치를 취할 수밖에 없어요.

간호사가 험악한 얼굴로 병실 문을 탕탕 두드렸다. 나는 화장실에 다녀왔다는 의미로 물이 뚝뚝 떨어지는 손을 들어 보여주었다. 손에 주사통을 들고 있는 걸 보니 세시가 된 모양이었다.

─병실 안에도 화장실이 딸려 있잖아요?

─변기가 고장 났어.

─그럴 리가. 그렇다고 해도 자꾸 이렇게 돌아다니시면 안 돼요.

─배탈이 나서 화장실에 가는 것도 안 되나?

─자꾸 이러시면

나를 방에 밀어 넣는 간호사 얼굴이 한층 더 험악해졌다.

─침대 난간에 수갑을 채워 묶어달라고 할 거예요, 매일

같이 오는 저 형사님들한테.

나는 잠자코 주사를 맞고 혈압과 체온을 쟀다.

어제 나를 진찰한 의사는 내 상태가 좋아지고 있는 건지 그 반대인 건지 알 수가 없다고 했다. 옆에 있던 형사가 그게 무슨 뜻이냐고 다시 물었다.

―체내에 상당량의 약물 성분이 남아 있는 건 맞아요. 보통 사람이라면 몸이 못 버티고 쓰러질 만큼의 양이죠. 그러니까 내 말은, 이 환자분이 이렇게 멀쩡하게 말을 하고 걸어다니고 반듯하게 앉아 있을 수 있다는 것 자체가 기적이란 겁니다.

―보통 사람이라면 어떤데요?

―약물 쇼크로 죽었을 겁니다. 오시면서 독방에 있는 사람들 보셨습니까? 벽이 스티로폼으로 싸여 있는 방에 갇혀 있거나 침대에 묶여 있는 사람들 말이죠. 죽지 않았다면 그 사람들처럼 유사 약품을 투여해줄 때까지 발작을 거듭하고 있겠죠.

―그러니까 선생님 말씀은,

형사가 점퍼 주머니에 넣고 있던 손을 뽑아 내 어깨를 짚었다. 너무 꽉 쥐어서 얇은 환자복 아래로 그의 축축한 땀과 체온이 고스란히 느껴질 정도였다.

―이놈을 당장 구치소로 데려가도 문제없다, 그 말씀이시죠?

―글쎄요. 그것보다 좀 마음에 걸리는 문제가 있습니다만.

의사가 가운 윗주머니에 꽂아두었던 볼펜을 꺼내 잘근잘근 씹었다. 그러고는 결심한 듯 형사를 향해 물었다.

―형사님, 약물 상습 복용이 왜 치명적인 줄 아세요?

―그야 중독이 되니까 그런 거 아닙니까.

―그렇죠. 그런 겁니다. 게다가 필연적으로 복용량이 크게 늘게끔 되어 있지요. 두통약을 상습 복용할 때랑 같은 겁니다. 만성 두통 환자 중에는 습관처럼 매일 약을 먹는 사람들이 있습니다. 처음엔 한 알만 먹어도 약효가 크게 나지요. 어느 정도 시간이 흐르면 한 알로는 더 이상 약효를 볼 수가 없습니다. 몸에 내성이 생기니까요. 두 알, 네 알, 여덟 알로 서서히 복용량을 늘리게 되지요. 백이면 백 그렇습니다. 실제로 위세척을 해야 할 지경까지 약을 먹는 경우도 허다합니다.

―만성 두통 환자랑 이놈이 무슨 상관입니까?

―이상하지 않으세요? 환자분은 이틀이나 사흘에 한 번, 한 알을 먹는 것으로 충분했다, 고 말하고 있습니다. 그럼 그게 과연 약효가 있었을까요?

의사는 정말 고민하는 얼굴이었다. 형사는 당장이라도 내 손목에 수갑을 얽어 데려가고 싶은 눈치였지만 사흘의 말미를 주고 다시 돌아갔다. 바짝 약이 오른 얼굴이 몇 번이나 나를 노려보았다.

변호사를 통해 나도 대강의 진행 사항은 알고 있었다.

내 집에서 시체가 발견된 것은 맞지만 시간이 너무 많이 흘러버렸다는 게 형사가 저렇게 화를 내는 이유였다. 연탄가게 아저씨의 공소시효는 이미 지났다. 관건이 되는 것은 아버지인데, 십 년도 더 전의 사건인 데다 시체가 시멘트로 밀봉되어 있었기 때문에 사망일 추적이 힘든 모양이었다. 사망일이야 측정할 수 있겠지만 그 오차가 상당히 크다는 게 문제였다. 공소시효가 만료되느냐 아니냐가 그 오차 범위 내에 있었다.

살인 사건과 관련해 기소할 수 없다면 내 죄는 수연의 납치, 감금뿐이다.

내 집 연탄광에서 직접 시멘트 덩어리를 깨부숴 시체를 찾아낸 형사에겐 화가 날 법한 일이었다. 영장도 없이 내 집 기물을 파손한 것에 대한 고소는 안 하기로 결심했다. 형사의 화를 돋우지만 않는다면 병원에서 일주일쯤 더 있을 수 있을지도 몰랐다.

의사가 말해주지 않아도 나는 내 상태를 누구보다 정확히 알고 있다. 그런 아버지의 아들이니 내 몸에는 환각제 유의 약물에 대한 면역체가 생성돼 있을지도 모른다. 인류는 진화하고 유전자는 변형되는 것 아닌가.

내게 있어 약은 담배처럼 비타민처럼 일종의 기호식품에 불과했다. 나는 약에 크게 의존한 적이 없었다. 의사에게 말했던 것처럼 이삼 일에 한 알만 먹어주면 모든 생활이 가능했다. 직장 생활도 수면도 여러 잡다한 생리 욕구도.

때때로 한 알, 의 규칙적인 생활이 깨지면서 바뀐 것은 더 이상 환각이 나타나지 않는다는 것이었다. 잦은 배탈과 구역질, 현기증 정도는 참을 만했다. 환각이 사라진 것이 좋은 일인지 나쁜 일인지는 아직 잘 모르겠다. 지독한 불면의 시간이 돌아왔다는 것만 빼면 나는 아주 괜찮았다.

형사의 검고 납작한 차가 병원을 빠져나갔다.

나는 병실 창문에 바짝 붙어 등이 구부정한 형사의 반백머리가 차에 올라타는 것과 전진과 후진을 거듭한 끝에 좁아터진 병원 주차장을 벗어나는 걸 빠짐없이 보았다. 그리고 침대를 향해 몸을 돌렸을 때,

그곳에 닥터 팽이 있었다.

닥터 팽은 좀 전의 의사가 그랬던 것처럼 엷은 보라색 와이셔츠에 노타이로 어깨가 조금 큰 의사 가운을 입고 있었다. 왼쪽 가슴에 달린 주머니에 검은색과 파란색 펜이 두 개 꽂혀 있었다. 주머니 아래쪽에 검은 잉크 번진 자국이 오십 원짜리 동전만 하게 퍼져 있었다.

―오실 줄 알았어요.

나는 오랫동안 닥터 팽을 기다리고 있었다.

닥터 팽이란 이름의 의사는 없다고 변호사가 윽박질렀던 것처럼 잉크가 번진 주머니 위쪽에는 이름을 새긴 검은 실이 없었다. 좀 전에 본 의사 이름이 뭐였더라. 병원에 온 뒤로 나는 잊어버리는 것이 많았다.

이름을 기억해보려 애쓰고 있는데 닥터 팽이 고개를 들었다. 항상 산적 두목처럼 사방으로 뻗쳐 있던 수염이 말끔히 밀려 있었다. 말끔하고 순박해 보이는 얼굴. 그런 얼굴의 닥터 팽을 보는 것은 처음이었다.

―잘 살고 있나 보러 왔습니다.

―어때 보여요?

―좋아 보입니다. 너무.

―확인만 하러 왔나요? 나를 데려가실 건가요?

―당신을 데려갈 수 있는 사람은 아까 그 형사뿐입니다.

―그 형사와 얘기해보고 싶은 마음 없으세요?

―없습니다.

닥터 팽이 이름 자리가 빈 가운 주머니를 톡톡 치며 웃었다.

―얘기가 될 리 없잖습니까.

―그럼 뭐하러 왔어요?

―당신이, 내게 묻고 싶은 게 있을 테니까.

나는 상담받을 때처럼 침대 위에 길게 누웠다.

새하얀 면 시트가 간지러운 듯 진저리 치더니 짧고 보드라운 벨벳 털이 퐁퐁 솟아나기 시작했다. 면 시트는 순식간에 털로 뒤덮였다. 손바닥 아래 잡히는 따뜻한 털의 감촉에 기분이 좋아졌다.

침대가 울퉁불퉁 요동치다 등받이가 생겨나고 이윽고는 소파로 변해가는 걸 눈을 감은 상태에서도 확연히 느낄 수 있었다.

―요즘은 환각이 보이지 않아요.

―전혀?

―전혀요.

―그건 좋은 일이군요.

―좋은 일인가요? 난 잘 모르겠어요. 환각이 보일 때는 현실이 뭔지 알고 싶어 견딜 수가 없었어요. 어디까지가 현실

이고 어디까지가 환각인지 구분해내려고 필사적이었죠. 내 눈앞에 있는 사람조차 믿을 수 없었어요.

―그런데?

―그런데 환각이 사라진 지금도, 여전히 모르겠어요. 연탄광이라면 딱 한 번 고양이를 가둬본 적이 있어요. 하지만 그뿐이에요. 닥터, 그건 정말 나였을까요? 아저씨를 아버지를 수연이를 연탄광에 가둔 게. 그럼 고양이가 그들이었을까요, 그들이 고양이였을까요. 지금 내가 보고 온 의사와 형사는 정말 현실 속의 사람일까요? 아, 그게 꼭 궁금하다는 건 아니에요. 닥터, 그러니까 내 말은요,

나는 잠깐 침을 삼켰다.

―그게 다 무슨 소용이 있느냐 하는 거예요.

닥터 팽이 언젠가의 파이프를 바지 주머니에서 꺼냈다. 확실히 담뱃불이 붙는 진짜 파이프였다.

병실 안이 매캐하고 씁쓸한 담배연기로 가득 찼다. 닥터 팽은 열심히 파이프를 빨았다. 홀쭉해졌다가 다시 부풀어 오르는 그의 뺨이, 주름투성이로 동그랗게 모아졌다가 얇게 펴지는 입술이 보였다. 내가 지금 눈을 감고 있는지 아닌지는 알 수 없었다.

―현실이 그렇게 중요한가요? 환각이 보이는 상태로 좀

살면 안 되는 건가요? 현실이라고 해봐야 좋을 것도 없잖아요. 물론 환각이 무조건 더 좋다는 건 아니에요. 하지만 결국 마찬가지잖아요. 나는 이제 환각도 현실도 상관없어요. 모래든 시멘트가루든 결국은 딱딱하게 한 덩어리로 굳어버리곤 끝이잖아요. 닥터, 나는요, 이제 아무래도 상관없어요. 더 이상 궁금한 게 없어요. 그러니까,

닥터 팽이 침대에서 몸을 일으켰다.

그가 앉았던 자리의 짧은 털이 그의 엉덩이 모양으로 쓰러져 있었다. 그것은 몹시 사랑스럽고 그리운 흔적이었다.

닥터 팽이 파이프를 뽑아 내 입술에 물려주었다. 뜨거운 연기가 훅 쏟아지는 바람에 말을 잘 할 수 없었지만 나는 위아래 어금니로 파이프를 물고, 혀를 움직여 한 글자 한 글자씩 또박또박 말했다.

―그러니까 이제 그만, 가도 돼요.

닥터 팽이 희미하게 웃는 것이 보였다. 잉크 얼룩처럼 천천히, 아주 천천히 퍼져 나가는 웃음이었다.

―이제 가도 돼요, 아버지.

―끝까지. 도망치겠다는 겁니까.

얼굴 위로 후두둑 담뱃재가 떨어졌다.

나는 벌떡 일어나 앉았다. 닥터 팽의 녹색 벨벳 소파가 눈

깜짝할 사이 다시 침대로 돌아와 있었다. 눈꺼풀 안쪽에서 가느다랗게 맴돌던 빛무리가 담배연기와 함께 스러지기 시작했다. 이제 다시는 저 빛무리와 어울릴 수 없을 거라고 나는 생각했다. 실수로라도 저 빛무리가 나를 찾아올 일은 없는 것이었다.

닥터 팽의 흰 등은 벌써 병실 밖으로 사라지고 없었다.

간호사가 주사통을 들고 다시 찾아오기 전까진 아직 시간이 있었다. 나는 그가 남겨준 파이프를 오래도록 빨았다. 담배에서는 간혹 호루라기 소리와 휘파람 소리가 났다. 내가 파이프를 열심히 빨면 빨수록 호르륵 호르르륵 소리도 분명해졌다.

끝까지, 도망치겠다는 겁니까. 그래요, 닥터. 나는 도망칠 거예요. 현실을 정면으로 바라보면서 살아가야 한다니 그건 너무 끔찍한 형벌이잖아요. 나한테는 이 정도가 어울려요. 죄책감도 책임감도 자부심도 없는 이 정도가.

호르르륵 소리와 함께 모래가 너무 많이 섞인 시멘트가루와 오래된 곰팡이가 함께 피어올랐다. 피어오른 것들은 그림자도 없이 사라진 닥터 팽 뒤를 따라 가만가만 흩어졌다.

현실과 환각이 검은 얼룩이 되어 뚝뚝 녹아내리는 밤이었다.

작가의 말

다만 필요한 것은 이야기이다.

어릴 적 내가 싫어하던 동화는 『임금님 귀는 당나귀 귀』였다. 나는 동화 속에 나오는 이발사를 파렴치한이라고 생각했다. 기억하는 한 약속은 반드시 지켜야 한다는 식의 굳은 머리를 가진 나로서는 돈까지 받아놓고 뻔뻔스럽게 약속을 지키지 않은 이발사가 고까울 리 없었다. 나는 분개했지만 이발사는 처벌조차 받지 않았다. 거대한 크기의 왕관(혹은 두건)이 작아지고, 임금님이 시원스럽게 귀를 내놓고 지내게 되었다는 낯간지러운 결말만이 이야기 끝에 남아 있었다.

동화라면 무엇보다 권선징악이 아닌가. 진부하지만 그런 것이다. 팥쥐는 육젓이 되고 마녀는 불에 달군 구두를 신고 숨이 멎을 때까지 춤추는 게 잔혹하지만 당연한 동화의 세계다. 그런데 어쩌자고 이발사의 미래는 저리도 순탄하단 말인가.

나는 이발사에 대해 자주 떠올렸다. 그의 무책임함과 자기애착, 그럼에도 보장된 그의 안온한 일상의 부당함에 분노했다. 그렇게까지 해서 말을 할 필요가 뭐 있는가. 말을 하지 않는 것은 아주 단순한 일이다. 머릿속을 비우고 입술 끝만 내리면 된다. 목숨까지 걸면서 소리칠 까닭이 대체 어디 있는가.

그러나 생각을 하면 할수록 알 수 없는 연민이 피어올랐다. 문득문득, 이발사가 안쓰러워지기까지 했다. 나는 비로소 깨달았다. 이야기하고 싶어 환장한 그의 모습이, 이야기를 못해 몸져누운 그의 모습이 나와 너무도 닮아 있다는 사실을.

그랬다. 나는 말하고 싶어 죽을 것 같았다.

단순히 뭔가를 쓰는 것에 만족할 수 있다면 백날이고 천날이고 일기를 쓰면 될 일이다. 그런데 나는 '이야기'가 하고 싶었다. 누군가에게 내 속에 지닌 이야기를 풀어놓고 싶어 안달이 나고 병이 났다. 대나무 숲에서 목청껏 소리를 지르는 기분으로 나는 노트북 자판을 두드려댔다. 나의 골방은 얇은 대나무가 촘촘히 박힌 대숲이었다. 이걸 좀 읽어줘. 나는 밤마다 대나무들에게 매달려 애원했다.

심호흡을 하자. 나는 일단 그래야 한다.

이야기를 하겠다 마음먹었을 때, 내게는 훌륭한 소재가 없었다. 이발사는 실로 엄청난 소재를 가지고 나라를 뒤흔들어놓지 않았던가. 나는 나의 빈곤한 상상력과 조잡한 어휘력에 절망했다. 뭔가 대단한, 특별한, 슬쩍 찔러만 봐도 뒤로 나자빠질 만한 것은 없을까? 물론 없었다. 아니 있기는 했겠지만 도무지 그것들을 찾아낼 재간이 없었다.

우리는 어떤 이야기들을 하며 지낼까. 사람과 사람 사이에서 이야기되는 것이 반드시 엄청나고 충격적인 사건들뿐일까. 사실 우리가 하는 이야기들은 천 년 전에도 있었던 흔하고 뻔한 이야기들인 건 아닐까.

그래서 나는 엄청나게 뻔한 이야기를 시작했다. 다만 아무리 뻔한 이야기라도 현대에 맞게 재구성되어야 한다는 생각만은 남아 있었다. 과거 이야기의 인물들이 평면적인 건 그것이 과거이기 때문이다. 현대의 인물들은 훨씬 더 난해하고 지저분하다. 현실과 환상의 경계를 허물고 거짓된 인물과 실존하는 인물을 뒤섞고, 기억들을 와해시키고 새로 짜맞추어내며 나는 비로소, 파렴치한 이발사가 되었다.

파렴치한 이발사의 뻔뻔스러운 이야기를 당신이 읽어주었으면 좋겠다. 내 속에 갇혀 있던 이야기들을 당신이 해방시켜주었으면 좋겠다. 당신이 나의 대나무 피리가 되어 하나의 소리가 되어주었으면 좋겠다. 다른 누구도 아닌 바로 당신이.

그녀와의 인터뷰

『오즈의 닥터』에 이르기까지⋯⋯ 작가 안보윤의 '그녀다움'을 만든 것들

정여울(문학평론가)

『오즈의 닥터』의 작가 안보윤. 그녀의 작품을 읽고, 왠지 그녀와는 '대화'보다는 '편지'를 나누는 게 좋지 않을까 하는 생각이 들었다. 격식을 갖추어 말하기보다는 아무도 없는 밀폐된 공간의 글쓰기에서 더욱 '그녀다운' 모습을 투명하게 드러낼 것 같은 작가. 몇 통의 편지를 서로 주고받고 싶었지만 우리에게 주어진 시간이 많지 않아 나는 '메신저 인터뷰'를 택했다. 예의바른 표정연기를 벗어버리고 그저 '핑퐁'처럼 경쾌하게 똑딱똑딱 편안한 대화를 나누고 싶었기 때문이었다. 지면으로 담기 어려운 내밀한 농담들도 많았지만, 아마도 독자들이 가장 궁금해하는 질문들의 필수 항목들을 뽑아 인터뷰를 정리하는 것이 좋을 것 같았다.

정여울 자음과모음 문학상 수상 소감이 무척 감동적이었어요. 몇 년 동안 소설 쓰기에 올인하느라 거의 면벽수행하듯이 글쓰기에 몰두하는 딸을 바라보는 부모님, 그런 부모님의 마음을 알면서도 '다르게 사는 방법'을 모르는 우직한 딸의 마음이 여기까지 순식간에 전해졌어요. 짧은 수상소감이었는데도 금방 뭉클해지더군요. 어떻게 사람을 이 분 만에 울리나요?

안보윤 가족들이 얼마나 벌컥했는지 몰라요.

정여울 가족들이 뭐라고 하시던가요?

안보윤 다음부턴 거짓말을 좀 섞어서 쓰래요.

정여울 와, 정말 최고의 평론가들이시네요.(웃음)

안보윤 가끔은 무섭다니까요.

정여울 픽션의 진수를 아시는 분들인 것 같아요.

안보윤 요즘도 제 소설의 인터넷 연재를 지켜보고 계세요.

정여울 연재소설에 달린 댓글을 보고는 뭐라고 하시나요?

안보윤 넌 왜 이렇게 조금밖에 안 달리냐, 하시던데요.

정여울 푸하하. 완전 멋지십니다. 보윤 씨도 가족들도.

안보윤 저를 단련시켜주고 계신다니까요. 좀 무섭게 쿨한 분들이에요.(웃음)

정여울 『오즈의 닥터』를 인터넷으로 연재하고 계시는데, 독자들의 반응을 실시간으로 대면하는 기분이 남다를 것 같아요.

안보윤 관심 가져주시는 독자들께 감사하는 마음으로 댓글을 달고 있기는 한데, 가끔 너무 선명하게 리뷰를 써주시는 분들도 계셔서 깜짝깜짝 놀라요. 어떤 분은 제 소설의 스토리를 거의 꿰고 계시더라고요. 독자 리뷰를 통해서 여러 가지로 배우고 있어요.

정여울 그렇게 선명한 댓글까지 달 정도면 거의 '내가 모르는 나'까지 알고 있는 사람일 가능성이 높지요.

안보윤 무시무시해요.(웃음)

정여울 예전에 『악어떼가 나왔다』로 데뷔하셨을 때와, 지금 『오즈의 닥터』로 자음과모음 문학상을 수상하신 후, 느낌이 어떻게 다르신지 궁금해요. 두 번에 걸쳐 화려한 데뷔 무대를 성공적으로 치르신 셈인데요.

안보윤 생각해보면, 글을 써서 누군가에게 읽게 한다는 게 굉장히 무서운 일인데도 지금껏 잘 실감하지 못했던 것 같아요. 『악어떼가 나왔다』로 처음 기자간담회를 할 때 어떤 기자분이 '왜 글을 쓰냐'고 물으셔서 '내 자신을 위해서'라고 대답한 적이 있어요. 그게 지금 생각하면 굉장히 철없는 대답이었던 것 같아요. 내가 쓴 글을 누군가에게 보여준다는 것에 대해 제대로 '실감' 하지 못한 상태에서 말을 한 것 같아요. 지금 『오즈의 닥터』는 확실히 이야기를 누군가에게 '들려준다'는 느낌이라 많이 달라요.

정여울 '나 자신을 위해 쓴다'와 '누군가에게 들려준다'의 차이! 엄청난데요! 물론 그 두 가지를 엄격하게 분리할 수는 없겠지만, '들려준다'는 것에 집중하면 '나 자신'에 대한 생각 자체가 바뀌니까요.

안보윤 저는 그간 '쓰다'에 중심을 둬왔던 게 아니라 누군가에게 들려주고 싶어서 안달이 났다는 느낌이 더 많이 들더라고요.

정여울 『오즈의 닥터』로 처음 수상 소식 들었을 때 기분이 어땠어요? 제일 먼저 든 생각들은?

안보윤 정말 많은 생각을 했던 것 같아요. 우선은, 정말 기뻤고요. 소설을 쓴다고 방에 틀어박혀 있으면서 정말 외로웠거든요. 이제 좀 덜 외로워지겠다, 라는 생각에 굉장히 안도했던 것 같아요.

정여울 보윤 씨는 사람을 울리는 재주가 있네요. 저런! 보윤 씨가 이렇게 물기 많은 사람인 줄 몰랐어요. 막상 소설은 전혀 다르던데! 이건 흥미로운 현상인데요?

그녀와의 인터뷰 305

안보윤 하하…… 죄송해요. 빨리 읽느라 '막상 소설'을 '막장 소설'로 읽고 식겁했어요.(웃음)

정여울 어머머, 그렇게 엄청난 오해를…… 이게 메신저 인터뷰의 묘미군요.

안보윤 저는 좀 많이 덜렁대고, 틈 많고, 허술하고 그래요. 사람들을 좀 무서워하고 말도 잘 못하고.

정여울 '소설을 쓰는 나'와 '세상 속의 나'가 어떻게 다른 것 같아요? 소설 쓸 때의 안보윤과 다른 사람을 만날 때의 안보윤이 많이 다른가요?

안보윤 '소설을 쓰는 나'는 굉장히 자유로워 보여요. '세상 속의 나'가 부러워하는 인간상을 연기하고 있는 것처럼요. 구속도 없고 표현도 솔직하고 거침없다는 느낌이지요. 세상 속의 나는 언제나 움츠러들어 있고, 쉽게 상처입고, 등껍질을 빼앗긴 거북이처럼 밋밋해요.

정여울 거침없다! 맞아요, 그런 느낌이었어요. 보윤 씨 소설은 파격을 두려워하지 않는 여전사형 글쓰기지요.

안보윤 예전에 사람 많은 곳이나 사람 대하는 걸 너무 무서워해서 고육지책으로 서비스 아르바이트를 선택해 일했던 적이 있었어요. 사람을 자주 대하다 보면 괜찮아지겠지 해서요.

정여울　오호, 서비스 아르바이트?

안보윤　그런데 뭐가 잘못됐는지 그다음엔 사람을 '멀리' 보는 버릇이 생겨버린 거 있죠. 지금은 사람들 눈을 제대로 보고 인사하려고 노력하고 있어요.

정여울　서비스 아르바이트로 모르는 사람들을 만나는 것과 '소설가'로서 독자를 만나는 것은 전혀 다르니까. 보윤 씨도 자신이 몰랐던 또 다른 자아를 발견하게 될 거예요.『오즈의 닥터』를 구상했을 때의 이야기 좀 해볼까요?

안보윤　사실은『오즈의 닥터』처럼 현실과 환상의 경계를 무너뜨리는 식의 소설을 전부터 써보고 싶었어요. 아마, 〈올드보이〉를 보고 난 직후였던 것 같아요. 정말 너무 뻔하고 진부하게 생각하는 이야기를 그렇게 감각적으로 재구성할 수도 있구나, 하는 생각에 영화가 가능하다면 소설에서도 충분히 가능하지 않을까 하는 욕심이 났었어요. 다만 어떤 식으로 써야 할지 갈피를 못 잡아 헤맸지요.

정여울　맞아요. '무엇을 말하는가'보다 '어떻게 말하는가'가 중요하죠. 그리고 '어떻게 말하는가'가 마침내 '무엇을 말하는가'까지 바꿔버리는 어떤 이야기의 임계점이 있지요.

안보윤 어떻게 생각하면 처음부터 목표를 너무 높이 잡아서 스스로 부담스러워서 시작도 못했던 것 같아요.

정여울 그런데 목표를 정확하게 잡으신 것 같아요.

안보윤 처음의 생각과 의도대로 집필된 것은 아니지만, 그래도 생소하고 낯선 소재에 집착하지 않고 제 의도대로 써보고 싶다는 욕심이 들었어요.

정여울 그렇군요. 그럼 작중인물의 캐릭터는 어떤 과정을 통해 만들어내신 건가요?

안보윤 기괴하고 엽기적인 소재들로 소설을 쓰는 건 분명 매력적이고 흥미 있는 일이지만, 전혀 그렇지 않은 소재로도 현대인을 풀어내 보일 수 있으면 좋겠다는 생각이었거든요.

정여울 『오즈의 닥터』도 충분히 기괴하고 엽기적이지 않나요?(웃음)

안보윤 현대인, 이라는 것에 대해 정의를 내리는 것 자체가 무모할 수도 있다는 생각이 들었어요. 그래서 가장 현실성이 없고 가장 가벼우면서도 무거운, 그런 인물을 상상하다 보니 닥터 팽이 만들어졌는데. 그게 또 '번데팽'이라는 애칭이 붙을 정도로 기괴해져버려서······.

정여울 아하! 변태 팽, 완전 귀여운데요.

안보윤 댓글 달아주시던 분이 지어주신 닉네임이에요.

정여울 그게 연재의 맛이지요.

안보윤 인물을 만들다 보면 정말 신기한 것이, 분명히 제가 만든 인물인데도 그 인물에게 질질 끌려가버리는 경우도 있는 것 같아요.

정여울 닥터 팽이 그랬나요?

안보윤 제가 아직 통제력이 부족해서요. 닥터 팽은 글을 쓰다 보니 왠지 제가 끌려가는 기분이 들더라고요. 김연수 작가님 좋아하는데, 얼마 전 그분 책을 읽다 보니 '소설 속 인물을 관찰하는 것'이 작가의 할 일이라는 문장이 있어서 굉장히 감동받은 기억이 있어요.

정여울 다른 인물들은 어떤가요?

안보윤 공들여서 쓴 인물은 주인공 김종수보다 의외로 정수연이에요.

정여울 정수연에게 애착을 많이 느꼈나요?

안보윤 네. 아무래도 비슷한 시절을 지나와서 그런지 닥터 팽이 나오는 부분보다는 정수연이 나오는 부분이 훨씬 무겁고 진지해져버렸어요.

정여울 정수연의 어떤 면에 애착을 느꼈는지?

안보윤 보다 현실에 가까운, 현실과 맞닿아 있는 인물이라서 그랬는지 정수연의 생활이나 감정을 묘사하는 데 굉장히 애를 먹은 것 같아요. 애착이라기보다 약간의 애증이랄까.

정여울 자아가 많이 투사된 인물인가요?

안보윤 많이는 아닌 것 같아요. 저는 수험 생활이 힘들지 않았고, 방황의 시기도 흐지부지 지나가버렸고, 지금 생각하면 왜 그렇게 수연에게 집착했는지 이해가 잘 안 갈 정도로요. 막막하고 앞뒤가 막혀 있는 젊은 사람들의 입장을 조금이라도 표현하고 싶은 욕심에 그랬는지도 모르겠어요. 아무래도 『오즈의 닥터』를 쓰던 시기가 개인적으로는 가장 힘들었던 때라서요.

정여울 동시대의 사람들과 소통하고 싶은 의지가 아니었을까 싶네요. 수상소감에 삼 년 동안 거의 글만 쓰셨다고 나와 있던데, 정말 대단하세요. 바로 그런 게 '재능'이 아닐까 싶어요. 소설이라는 꿈에 온전히 집중할 수 있는 능력, 관습적인 일상과 단절할 수 있는 능력 같은 것 말이에요.

안보윤 누군가에게 '너는 계속 소설을 써도 좋다'라고 허락을 받을 수 있다면 얼마나 좋을까, 하고 간절하게 바랐던 것 같아요.

정여울 허락…… 그렇죠. 기도하듯 글쓰는 마음이셨을 것 같아요.

안보윤 그 '허락'으로 공모전을 생각했던 것 같기도 하고…… 전 단순하니까요. 몇 년을 집에 빈대붙자니 부끄럽고, 주변인들은 취직해서 제자리를 잡아가고, 이십대는 끝나가고. 다들 하는 고민들을 저도 했던 것 같아요.

정여울 '허락'이라는 말이 이렇게 센티멘털할 수 있군요.(웃음)

안보윤 소설 속에서 무언가를 이야기하고 싶어 죽겠고, 그래서 더 외롭기도 하고요.

정여울 그 많은 고민 중에서도 '이야기하고 싶어서 죽겠고'가 가장 중심에 있었네요. 그게 중요하지요.

안보윤 네. 정말 그랬어요.

정여울 '허락'이라는 과정을 겪고 나면 작가들이 어쩌면 '허락' 이전과는 차원이 다른, 더 어려운 고민과 맞닥뜨리게 되는 것 같아요. 예전에 권여선 작가님과 인터뷰한 적이 있었는데 그분은 '아, 내가 쓴 이 소설 내 마음에 정말 꼭 든다'라는 생각이 들 때가 가장 위험한 거라고 하시더라고요. 어떤 '스타일이 완성'되었다는 느낌. 바로 거기가 한계일 수 있다고. 소설 쓰기가 진짜 어려운 건 매번 완전히 새로운 스타일을 발견하고 발굴해야 되기 때문이라고. 정확한 표현은 기억 안 나지만 저는 그렇게 이해했어요.

안보윤 머리가 멍해지네요. 정말 좋은 소설 쓰시는 선생님들도 계속 그런 문제들을 고민하시는군요.

정여울 그런데 어떻게 그렇게 세 편씩이나 장편을 완성하셨대요? 저희는 사실 그 점에 가장 놀랐답니다.

안보윤 그 후로 학교에서 저는 '독한 년'으로 불리고 있어요.(웃음)

정여울 아하하!

안보윤 얼마 전 만난 후배가 깍듯하게 '독하신 선배님'이라고 해주더라고요.

정여울 주변에 걸출한 독자들이 참 많으십니다! 그것도 '인복'이랍니다.

안보윤 사실 쓰면서 세어보거나 하지 않으니까 공모전에 낼 때는 스스로도 조금 놀랐어요. 뭔가 계속 쓰고 있어야 마음이 놓여서 한 편이 끝나면 바로 다음 편을 시작하고, 또 다 쓰면 다음 편을 시작하고. 그렇게 지냈던 것 같아요.

정여울   아 그럼 작품을 멀티로 창작하신 건 아니고 '하나 완전히 끝나면 다른 하나로' 이동하신 거예요?

안보윤   저는 좀 고지식한 타입이라, 멀티가 불가능해요.

정여울   사실 그게 더 롱런하는 비결인 것 같아요.

안보윤   대신 일단 쓴 것을 밀어두고 다른 것을 쓴 뒤 무지하게 고치게 되는 것 같아요. 쓰는 것보다 퇴고가 훨씬 더 오래 걸리는 것 같아요. 완성된 작품을 좀 묵혀두었다가 꺼내면 거의 새로 쓰는 기분으로 고치게 되거든요.

정여울   지금 '서랍 속에 잠자고 있는 작품'들도 몇 년 동안 계속 고치다 보면 압도적인 작품이 나올 거예요.

안보윤   내버리고 싶은 유혹을 간신히 참고 있어요. 덕분에 그 애들이 생명을 건졌군요.(웃음)

정여울   건지셔야 됩니다! 퇴고는 곧 창조, 창조를 넘어선 창조이죠. 어떤 작가는 '난 절대 내가 쓴 글 안 고친다. 일필휘지로 내려쓴다'고 평생 주장하다가 나중에 죽고 나니 자기 키 높이보다 더 높은 퇴고 원고가 쌓여 있었다고 해요.

안보윤   하하······.

정여울   전 그런 이야기가 너무 좋아요. 속 다르고 겉 다른 인

간들의 귀여운 속내.(웃음)

안보윤 제가 하는 퇴고는 아직 멀었군요!

정여울 지금 작가들은 아무래도 컴퓨터로 작업을 하니까 퇴고의 방식 자체가 다르지요. 그래도 아날로그적 퇴고가 참 좋은 것 같긴 해요. 한국 작가들 중에서는 어떤 작가들을 좋아하시나요? 마구 편하게 말씀하셔도 됩니다.

안보윤 너무 많아요. 아까 얘기 나왔던 김연수 작가님. 은희경 선생님, 천운영 선생님, 신경숙 선생님.

정여울 그렇군요. 그런데 보윤 씨 스타일은 왠지 '배수아' 선생님과 잘 통할 것 같은데요? 그런 이야기 안 들어봤어요?

안보윤 네. 배수아 선생님 소설도 좋아해요.

정여울 보윤 씨는 참 '잘 배울 준비가 되어 있는' 작가인걸요. 괜히 제가 다 뿌듯합니다. 외국 작가들 중에서는 어떤 작가들을 좋아하세요?

안보윤 일단 주제 사라마구, 히라노 게이치로가 제일 먼저 떠올라요. 『벽으로 드나드는 남자』도 좋아하고. 조금 가벼운 느낌의 소설들도 좋아하고요.

정여울 그런 다양한 독서의 베이스는 언제 쌓인 거죠? 졸업하고 나서 '방황하는 동안' 소설을 많이 읽었나요?

안보윤   역사학 전공할 때는 책을 거의 안 읽었고요. 대학교 이학년 겨울에서야 조금씩 읽기 시작했는데 손대기 시작한 뒤로는 도저히 손을 뗄 수가 없어서, 그때부터 도서관이며 서점에 붙어살았던 것 같아요.

정여울   독서도 참 '지독하게' 하셨구나!(웃음)

안보윤   대학교 졸업하고는 집에 '책을 읽겠다'고 굉장히 뻔뻔한 소리를 하고는 일 년 쉬면서 지냈어요. 책도 읽고, 『악어떼가 나왔다』도 쓰고, 그다음에 대학원에 들어갔지요.

정여울   보윤 씨는 정말 '집중력'이 최고의 자산인 것 같아요. 아하, '책을 읽겠다'고 집에 들어앉으니 그걸 받아주신 부모님들 스케일도 장난 아니시라는…….(웃음)

안보윤   저도 신기해요, 정말. 게다가 책값은 전부 부모님 카드로 빡빡 긁었으니.(웃음)

정여울   맞아요. 책 읽을 시간이 많다는 게 이십대의 자산이죠.

안보윤   저녁 때 부모님께 고기 사드려야겠어요.

정여울   꼭 사드리세요.

안보윤   네.

정여울   작품 쓰면서 힘들었던 점은 어떤 건가요?

그녀와의 인터뷰   315

안보윤 수상소감에서도 써먹었지만, 진심으로, 읽고 감동받고 본받을 책들이 너무 많아서 행복했어요. 자주 절망하기도 했지만요. 항상 모든 게 다 힘든 것 같아요. 아직 능수능란하게 이야기를 꾸려나가지 못하고, 생각했던 대로 되지 않는 것도 그렇고. 내가 하고 싶은 이야기를 효과적으로 전달할 수 있는 방법을 찾을 수 없어서 고민하기도 하고.

정여울 습작은 대학 시절부터 하신 건가요?

안보윤 대학 삼학년 때부터 조금씩 써봤어요. 그때는 아무래도 읽기가 주였어서.

정여울 글 쓸 때 취재는 어떤 방식으로 하시는 편이세요?

안보윤 무작정, 이랄까요. 사실 『오즈의 닥터』는 장소를 잡아서 관찰하는 게 중심이어서 전혀 계획적이지 않았어요.

정여울 어떤 장소를 잡아서 관찰하셨어요?

안보윤 홍대, 재개발지구, 철거 중인 주택지, 불탄 집, 그런 곳이요. 재개발지구에서는 사진 찍다가 주민에게 쫓겨났어요. 재개발 심사 중인 곳이었는데 제가 무턱대고 여기저기 뒤지면서 사진 찍으니 반내쪽에서 나온 줄 아셨나 봐요. 물도 막 뿌리시고.

정여울　불탄 집은 어떻게 찾으셨어요?

안보윤　불탄 집이 의외로 있더라고요. 명지대학교 근처에도 하나 있어요. 올해는 안 가봐서 없어졌는지 잘 모르겠는데. 불탄 지 꽤 오래됐는데 그대로 방치해둬서 정원 가득 잡초가 자란 새까만 집이요. 그런 집에 들어가면 굉장히 무섭긴 한데, 냄새 같은 것이 기억에 오래 남아요.

정여울　현장의 느낌을 기억하고 집에 와서 글을 쓰시는 방식으로 하시나요?

안보윤　메모만 가볍게 해두고 오래 묵혀둬요. 안 그러면 보고서처럼 되어버려서…….

정여울　오랜 시간이 지나면 기억이 숙성돼서 '다른 목소리'들이 떠오르는군요!

안보윤　전혀 상관없는 묘사만 들어가게 되기도 하는데, 저는 그것도 좋은 것 같아요. 보고서처럼 사실 나열하기에 급급하지 않고 제 맘대로 각색하기도 편하고요.

정여울　막상 '세상의 허락'을 받고 나니, 어떤 느낌이신지 궁금해요. 멋진 피날레 멘트 날려주세요.

안보윤　피날레 멘트. 아, 그런 거에 굉장히 약한데…….

정여울　그냥 요새 어떤 마음으로 지내시는지 편안하게 말씀

해주세요.(웃음)

안보윤 내 이야기를 들어주는 귀가 생겼다는 마음. 하지만 언제 그 귀가 닫혀버릴지 모르니 계속 긴장한 채로 살아야겠다는 마음도 함께요. 그리고 조금은, 조금 더 욕심내서 제게도 사람들의 이야기를 들을 수 있는 귀가 생겼으면 좋겠어요. 그럼 더 깊이 있고 좋은 소설을 쓸 수 있겠지요. 계속, 계속 노력하겠습니다.

정여울 멋지십니다. 뺄 것도 더할 것도 없네요!

안보윤 선생님 너무 후하세요.

정여울 아까 말씀드렸잖아요. 지금부터 고생문 훤하게 열렸다고!(웃음)

안보윤 하하……(아참, 웃을 일이 아닌데.)

정여울 보윤 씨가 이야기하는 동안 점점 제 마음도 밝게 물들어가는 것 같아서 기분이 너무 좋았습니다. 보윤 씨 덕분에 자음과모음 문학상이 너무나 멋진 스타트를 끊을 수 있게 되었어요. 늘 건필하시고, 스스로를 위해서는 가끔 '덜' 지독해지시고, 무엇보다 '건강' 잘 챙기세요. 롱런하는 최고의 비결은 또 건강이니까요.

안보윤 네 감사합니다.

그녀가 '채팅방'을 나가고 난 후에도 나는 가슴 저편에서부터 차오르는 뿌듯함 때문에 한참을 그 형태 없는 '온라인 룸' 안에서 쉬고 싶었다. 언제든지 누구에게라도 배울 준비가 되어 있는 그녀의 투명한 영혼이 그 제한된 컴퓨터 모니터 화면을 통해서도 오롯이 내 마음에 전달된 듯한 느낌에 행복해졌다. 그리고 우리가 그토록 오랫동안 기다려온 대형 신인이 탄생했다는 즐거운 예감에 더더욱 달뜬 기분으로 인터뷰를 정리했다. 자신을 화려하게 드러내기보다는 조용하게 작품으로 하여금 '속삭이게' 만들기를 원할 것 같은 작가. 역시, 내 예상이 맞았다는 생각에 더욱 기분이 상쾌해졌다. 어떤 '수식어'보다도 더 정확하게 자신의 '작품' 자체가 스스로를 표현하는 최고의 형용사가 될 것 같은 작가. 안보윤 씨에게 다시 한 번 진심 어린 축하와 감사의 마음을 전해드린다.

오즈의 닥터

ⓒ 안보윤, 2009

초판　1쇄 발행　2009년 11월 23일
개정판 1쇄 발행　2012년 7월 26일
개정판 2쇄 발행　2013년 3월 18일

지은이　　안보윤
펴낸이　　강병철
주간　　　정은영
책임편집　최민석
편집　　　박소이
마케팅　　장성준 박제연 이동후 전연교 최은석
E-사업부　정의범 김혜연

펴낸곳　　자음과모음
출판등록　1997년 10월 30일 제313-1997-129호
주소　　　121-840 서울시 마포구 서교동 396-33번지
전화　　　편집부 02) 324-2347　경영지원부 02) 325-6047
팩스　　　편집부 02) 324-2348　경영지원부 02) 2648-1311
이메일　　munhak@jamobook.com
홈페이지　www.jamo21.net
독자카페　cafe.naver.com/cafejamo

ISBN 978-89-5707-681-1 (03810)

잘못된 책은 교환해드립니다.
저자와의 협의하에 인지는 붙이지 않습니다.